U0946792

A NOVEL

TOMMY BUTLER

抓落叶

BEFORE YOU GO

〔美〕汤米·巴特勒 著

赵思婷 译

上海文艺出版社

果麦文化 出品

Before you go

第一部

他们爱怎么想，随他们去吧，我可不是打算淹死自己。
我想游泳一直到耗尽所有力气，然后下沉——这两者可不一样。

——约瑟夫·康拉德《分享秘密的人》

前传

在一个不是房间的空间里，四周似乎也不是墙和窗户，梅里亚姆正在端详她的作品——完成的躯体躺在一个同样不能算是桌子的平面上，笼罩在圣洁的光亮中。梅里亚姆把光线调到最强亮度，因为最后的步骤她需要格外小心谨慎。上司称她的作品为“船舱”，因为这既是旅行者要进入的容器，也是承载他们旅程的小船。梅里亚姆更喜欢另外一个名字，她相信那也是旅行者自己会使用的名字。人体。人类的身体。

真不错，她心想。不是吗？任谁看到都知道非常不错。上司要求的她都完成了，甚至做得更好。蓝图十分详细，梅里亚姆每一步都精确按指示进行，除此之外，她在老板允许的地方尽情发挥自己的创造力。她尤其喜欢给虹膜上色，还莫名喜欢脾脏。是的，她觉得作品完成得非常完美。

“太棒了。”她说了出来，虽然只是一声低语。她迟迟不愿说出这句话，徘徊在内心的疑虑像是一双手阻挡她，忠告她耐心等待以保证确定无疑。

她内心的对话被打断了，乔利斯迫不及待出现在门口，脸上是掩饰不住的期待。他巡视一圈房间，发现了角落里零星的云朵和架子上摆着的几排颜色明亮的瓶子。当他看到完成的躯体时，暂时抛开了往常敏锐的鉴别力，发出真诚的惊叹。“梅里亚姆，哇哦。”他忍不住大笑，“简直太壮观了。”

“你真这样想的吗？”

“当然。”他走过来，近距离观察，“老板看过了吗？”

“没看过最终的，”梅里亚姆回答，“当然了，他们也是参与者。每个人都有贡献——老板的贡献最大。”

乔利斯围着桌子转了一圈，继续他的赞美。“骨骼完美，”他说，“脾脏的部分我很喜欢。”他缓慢、虔诚地靠近面部，轻柔地推开眼皮，倒抽一口气。这对眼睛闪着光，仿佛收集、放大了房间里圣洁的光线，然后反射出全彩的光芒。“精品，”乔利斯说，“他们肯定会喜欢，梅里。”

“真的？”

“哦，当然了，这能让你的职业生涯向前跨一大步。”

梅里亚姆试图掩藏激动。“这还只是原型而已。”

“是吗？”

“我的意思是，虽然完成了，基本上不会有什么大的变化，但是会有细节的不同——形状、颜色和特质——旅行者肯定也希望有所不同，他们总不会相信美只有一种形式，然后想尽办法去模仿。”

“不，当然不会，”乔利斯赞成，“那样也太可笑了。”他走到窗前，“你想看看他们去哪儿吗？”

梅里亚姆愣住了，她突然感到一阵不安。她当然想看，不是吗？这是其他人那么努力工作和保密的事。终于，她点点头，乔利斯拉开了窗帘。“梅里亚姆，”他说，“请让我为你展示……地球。”

窗外，一个遥远的球体闪着光，如此美丽几乎难以直视。绯红的火焰从内部温暖着球体，黄色的阳光从外面包裹着它。云朵在黄褐色沙漠和祖母绿荒野的上空极速变幻。波光粼粼的水蓝色——在汪洋中汇集，在河流中奔腾——从缥缈的天空中泻下。

梅里亚姆本该感到快乐，但是她浑身发冷，几乎变得麻木。她不知道该说什么，而乔利斯正用期待的眼神盯着她。“美轮美奂。”她说。

“真不赖，是吧，他们说上面能够容纳二十亿人口，超过就会引发灾难。”

“准备好要出发了吗？”

乔利斯开心地点头：“就等船舱了。”

船舱。梅里亚姆转身看着桌子上的“身体”，内心的迟疑终于变成了确定的危险，但她认为自己还有能力抵御这个威胁。于是，她赶乔利斯走。“好吧，”她说，“船舱马上就要完工了，还有最后一个步骤。”

“你不是说已经完成了吗？”

“快要完成了，”她说，“毕竟这些事不能着急。”乔利斯一离开，梅里亚姆就回到“身体”旁边。她最后看了一眼窗外闪亮的新世界，然后开始工作。

梅里亚姆精疲力竭地瘫坐在桌子旁边，乔利斯回来时，她站起来迎了上去。乔利斯冲她紧张地点点头，把注意力转移到身体上，立刻发现了她做出的最终修改——胸腔内部、心脏的旁边有一个新月形状的空洞。

乔利斯脸色变得惨白，最终用轻微颤抖的声音说："里面有个洞。"

"不是，"梅里亚姆说，"那是——"

"你把什么取出来了？"

"什么都没取。"

"但是，里面本来应该有什么东西吧？"乔利斯急切地问，"少了什么？"

"什么也没少，"梅里亚姆说，"是完整的。"

乔利斯目瞪口呆，好像听到她刚刚宣布自己是一颗糖豆。"那里明明有个该死的洞！"

"那不是个洞，"她坚称，乔利斯的焦虑让她十分紧张，她刚刚找到的自信动摇了，"那是一个……空洞。"

他似乎完全没有听见她的解释。"你必须修好它，"他说，"把它复原。"

"来不及了，"梅里亚姆说，"你看。"虽然身体的眼睛依然紧闭着，但是眼睑上下起伏，可以看得出眼球在里面快速转动。

"它在干什么？"乔利斯问。

"做梦。"她回答，"先是做梦，然后其他的机能都会出现。"

乔利斯全身颤抖，梅里亚姆几乎觉得他要在自己眼前灰飞烟灭了。他开始在屋里来回踱步，寻找着什么。"好的，别慌。"他说，"我们只要在它醒来之前把洞填上就行了。"他从房间角落收集起一些云朵碎片塞进了新月形的黑洞，小心翼翼以免弄坏了旁边的心脏。他退后一步观察，看着白色雾气渐渐扩展填满了空洞。但云是变幻不定的物质，在清晨阳光的照射下，胸腔里的云很快就消散不见了，剩下一个空洞。

乔利斯做了个鬼脸，转而大把抱起了房间里的圣光，脸被照得透亮，房屋的角落都陷入了阴影之中。他攥住光束塞进了洞里。里外的光让新月形状的缝隙变得越发美丽。但是，光是无法填满空虚的。

“不，”乔利斯抱怨了一声，转身看着架子上彩色的瓶子，“这些是什么？”

“情绪，”梅里亚姆说，“所有的都在这里了，不过我已经按照规定剂量放完了。”

乔利斯拿起一只鲜红的瓶子，在身体的胸膛上方缓缓倾斜，闪着光的物质流入了黑洞。乔利斯松了一口气，然后把瓶子放了回去。“好了，”他说，“这下没问题了。那是什么情绪？”

“爱。”

“很好，”乔利斯说，“一切都会——”他还没说完，闪光的物质从洞里消失了。“怎么回事？”

“被吸收了，”梅里亚姆说，“是心脏吸收了。”

“该死的！”乔利斯从架子上拿起其他的瓶子，不停地往洞里倒。每一次，情绪都被心脏吸收了。他拿起深色的瓶子时，梅里亚姆试图阻止他，但是他不肯停下来，而是疯狂地倒空了所有的瓶子，只剩下一只颜色仿佛是火焰与灰烬一般的小药瓶。在他把里面的物质倒入洞口之前，梅里亚姆一把推开了他。

“乔利斯，够了，这没用的。”

乔利斯扔了瓶子，重重地跌坐在地上，脸上渐渐失去血色。“我们完了。”

“为什么？”梅里亚姆说。她从未见过他如此不安，突然感到有点害怕。

“因为上面有个洞！”他大喊，“他们迟早会发现这个洞，梅里亚姆，他们能够感觉到，他们会不停地找东西试图去填满胸口的洞。他们会不停地吃，不停地爱上不该爱的人；疯狂地敛财，没日没夜看电视，在节日期间买一堆没用的垃圾——像是什么搓土豆的手套或者汤勺锅铲。”

“汤勺锅铲是什么？”

“不重要。”乔利斯摇了摇头，他不仅仅是生气，他已经绝望了。“你还不明白吗？什么都没用的。这个空洞永远都会存在。无论他们想怎么填补，我们永远也给不了他们想要的。”

“他们想要什么？”梅里亚姆问。

“更多。”

梅里亚姆感到滚烫的眼泪在体内聚集，几乎要喷涌而出。她意识到自己之前没有想清楚，没完全想好。“我没想到事情会变成这样。”她轻声说。

乔利斯叹气。“但是你为什么要这样做？”

梅里亚姆看着窗外。“因为那个世界，”她说，“我们为他们创造了一个那么美丽的世界，我害怕他们永远也不想离开。所以我在他们的心口留下了一个空洞，确保他们会回家。”

艾略特
(1981)

树叶打着圈下落——一片灿烂的黄、橘和红——被一阵狂风从树上剥落。一不注意就会迷失其中。我站在前院的正中间，望着这个长肢巨人和落叶翻滚的天空。各种颜色尽收眼底，耳边响着风刮过树枝的声音。臭氧的味道预示着远处的闪电。周遭一切都不存在了，很久之后，我才想起来自己是谁，我站在秋雨来临的边缘干什么。我是艾略特·尚斯，我九岁了，我和哥哥正在抓落叶。

行动才能取得荣耀，但是大部分伟大成就起源于静止。抓落叶也不例外。打开纱门、冲到草坪上之后，第一步就是不要轻举妄动。站在原地不要动，估算风速和方向，凭直觉感受树木弯曲、摇摆的节奏。收集了所有的数据，暴风雨刮过，你置身其中，与之界限变得模糊——如果在这个过程中你还没有忘我——就可以像优秀的冒险家一样开启精彩的冒险旅程。跟着直觉行动。比如现在，你找到院子里最有可能掉落树叶的地方，蹲下来，双手朝上等着。

当然了，树叶不是直线平缓坠落。落叶不可预测，充满活力，不循规蹈矩。不时悬空，暂停下降的过程，很难抓，但同时也是抓住它的最好机会。因为急转弯、变速和其他运动意味着犹豫不决——一小片颜色放缓了下落，但是还没有其他动作可以取代。一瞬间，树叶停滞在空中——如果你离得够近——一瞬间就够了。当树叶停在正中间，奇迹般悬在风暴边缘，这就是你出击的时刻。你伸展膝盖，猛地甩出手（每次只伸一只手，不要两只一起）。手指像撒开的网，能撑多大就撑多大，然后——

“嗨！”哥哥大喊一声，近乎野蛮地把我的手臂拍了下去。树叶掉在了地上，没被抓到。哥哥大笑着从我身边跑过。“掉地上了，”他喊，“那片不算。”

迪恩只比我大两岁，但是我们抓落叶的风格完全不同。开始的时候我们看上去差不多——两个棕色眼睛的小男孩从前门冲出来，长得很像，不过他的头发是沙黄色的，我的是深棕色的。迪恩没有停下来，东撞西撞追着树叶跑，像把一只金毛犬突然放到了大雁群里。他抓到落叶的次数很少，但似乎一点儿也不灰心。他一次又一次迅速地出击，如果他不是每次成功之后都会大声炫耀成果，我甚至觉得他根本不在乎抓没抓到。

“七！”他大叫着把一片黄色的橡树叶揉烂了。对迪恩来说，抓落叶既不是冥想也不是娱乐，而是一场纯粹简单的竞赛。比赛过程中扰乱对手是公平的，大声报告自己的得分是战略手段。“你抓了多少片？”他问，与此同时俯冲着去抓另一片落叶，我承认这个场面还是值得看看的。

“五。”我告诉他。

我撒谎了。我不知道拦截了多少片下落的树叶，揣进自己的兜里，至少也有十五片了。别误会，我喜欢赢。赢的感觉比输好，但是赢和输都是游戏本身的必要组成部分，对迪恩来说，游戏是一场竞赛。事实是，我的哥哥比我更喜欢赢，而我喜欢和哥哥一起玩。我喜欢看着他像一个快乐的小丑在院子里跌跌撞撞地乱跑。

“九！”他大喊。

游戏持续到云层上方出现一道闪电，照亮了树冠边缘。我们停下来计算时间。五秒之后传来了打雷的声音，也就是说风暴中心距离我们有五公里远。天色变暗，天光变得柔和、集中。我们周围的世界镀上了一层铜色，并且有了生命和呼吸。这样很不正常，我突然意识到。云集中得如此迅速，仿佛有了自己的意识。树木剧烈地摆动着，发出急促的耳语，我确定它们知道我们的存在。

“迪恩，快看！”我笑着说，“树活了，它们想要抓住我们。”

“你这个怪胎，”他说，看都不看，“它们才不是活的。”

我刚想和他争辩，一滴雨砸在了脸上。天空像是开了个口子，饱满的水滴越来越多。几秒钟之内我们全身都湿透了。迪恩已经跑去躲雨了。

“游戏结束。”他喊，“我赢了，不许再抓了，抓了也不算。”

现在我已经不想抓落叶了。我躺在草地上，脸朝上，嘴能张多大就张多大，不由自主地收集着雨水。

“迪恩，快来，”我说，“用你的嘴接雨水。”

“我已经接到无数滴了。”

他说完往回跑。雨越下越大，雨滴密集落在地面上发出的声音仿佛是嘈杂的人群，盖过了迪恩摔门的声音。我嘴里装满了雨水不得不吞咽几口，否则马上就要溢出来了。我突然意识到，自己本质上是在一口一口喝掉天空，不由得大笑起来。风暴变得更加猛烈了。闪电划过天空，紧接着传来震耳欲聋的雷鸣，我身下的地面都在震动。只有风势减缓，似乎是给暴雨让步。树枝上只剩下一片树叶摇摇欲坠。最终，那片不屈服的红叶歪曲扭动，缓缓向我飘来，像是一名体操运动员试图在雨滴的袭击中保持优雅的姿势。

“艾略特！”妈妈喊我。她和哥哥站在纱门后。我只能隐隐约约看到她的头发，像云朵一样围在她的头上。她急切的声音不仅仅是因为生气，还有爱意和恐惧。“快进来！好吗？”

雷声再次响起，地面再一次震动。脊背传来的震感像是地球的心跳一样。那片孤独的树叶依然在暴风雨中回旋，英勇地保持着最后的平衡直到落到我面前。然后，它缓缓谢幕鞠躬，猛地一个旋转，轻柔地落在我的胸前。

“马上给我进来，艾略特！”妈妈又喊了一声。

那晚，我见到了第一只怪物。雨停了，爸爸、妈妈和迪恩都睡了，万籁俱寂。我躺在床上睡不着，盯着房门，思考雷声和苏醒的树木，风暴增强了我的五感，即使屋内几乎一片漆黑，我还是能看到门上的铜把手在转动，缓慢而又流畅地前后旋转，就好像试图进入的人不知道怎么使用这个东西。我怀疑是迪恩，可他虽然没有比门把手聪明多少，但至少还是会用的。

咔嚓一声响之后，门被缓缓打开。门边擦过长毛地毯，发出轻微的沙沙声。走廊空无一人，没有迪恩，没有任何人，至少第一眼望过去什么也没有。但是我立刻看到了一片阴影，比周围的夜色显得更加黑暗。这片黑影的周边是毛茸茸的、流动的，差不多一人高，像是没有形体的影子。它滑进我的房间，停住了。虽然它没有可辨认的特点，但是我敢说它在对我微笑。

我立即认定这是一只怪物，因为不知道该怎么称呼这个面目模糊的黑夜化身。但是这个标签不够准确，首先，我不害怕，一点儿都不怕它；更重要的是，这个阴影不是张牙舞爪的样子。相反，它似乎非常友好，彬彬有礼。恭敬地停留片刻之后，它弯下腰深深鞠了一躬，一条黑色的手臂背在身后，另一条像电影里一样在身前展开。我想，也许它是英国来的。

黑影鞠完躬之后，开始表演复杂的哑剧，无声地在房间里跳跃、翻滚，手臂向四面八方挥舞。我观察了很久才意识到它是在模仿我哥哥抓落叶的样子，而且竭尽全力戏剧性地表现了迪恩本来就很浮夸的动作。虽然它很搞笑，但是我使劲忍住不笑出声，甚至微笑也不行。我一动不动地躺在床上，尽可能保持短浅的呼吸，不让身体的起伏过于剧烈。我的静止似乎迷惑了黑影。它停下动作，踮踮脚，然后又开始新的模仿，这次它在模仿我——膝盖弯曲，胳膊大张着，像是青蛙伸着舌头正在捕食苍蝇，它一本正经又夸张的样子比刚才还要好笑。但是我还是保持不动。我不想惊扰它。我意识到自己其实有点儿害怕，不是怕怪物会伤害我，而是害怕它会离开。

早晨，餐桌上一切如常，我开始怀疑根本就不存在什么暗影。爸爸的工作日是在咖啡和电话声中开始的，这就意味着我和迪恩必须在麦片和沉默中度过。电话悬挂于冰箱旁的墙上，爸爸坐在房间正对面，电话线的长度刚好，直接从妈妈的椅子上穿过去，像导火索一样紧绷着，把桌子从厨房隔离出去。好在妈妈也不怎么坐。她在电线的另一头忙得团团转，给爸爸添咖啡，给我和迪恩打包水果，不过我们都装作没看见。每次妈妈回到桌子旁边的时候都会被电话线绊一下——我想她不是故意的，每次爸爸都会不耐烦地翻白眼。

每天早晨，我们一家人聚集在餐桌前的时间大概有三十分钟，前二十分钟爸爸都在打电话。我喜欢听他打电话时喉咙深处发出的低沉的声音，但他生气或者不耐烦的时候，声音短促像砸出的拳头。他通常不会说太多，所以我如饥似渴地认真听每一句话。电话的内容总是关于工作问题，这也是我如此上心的另一个原因。如果我能够明白这些问题，帮爸爸想出解决的办法，也许爸爸妈妈就能不那么担心，变得更加快乐。不是说我吃着麦片就能立刻提出什么建议，我的意思是，我也只有九岁而已。但是我听着爸爸的声音，尽最大的努力把问题归类留着之后思考。大部分情况下是这个样子，但今天我所有的心思都在那个怪物身上。

爸爸打完电话之后，妈妈从他手里接过电话挂到墙上，把自己从导火索中解放出来。她轻轻坐下——我不确定她有没有挨着椅子——小口吃着一块吐司，试图在爸爸离开之前跟他说句话。我们知道他很快就要出门了——最多十分钟，如果他打完电话红着脸，那么五分钟之内他就会离开，因为那意味着有一件特别棘手的事。

“没事吧？”妈妈问道，她开口的第一句话总是同一个问题。

“没事。”爸爸说，他的回答也是一成不变，不管红不红脸。他整理了一下领带，其实完全没有必要，他的领带和头发一样笔直。紧接着他摊开报纸，放在桌子上。

“昨晚的暴风雨简直难以置信，”妈妈说，“你要是问我的话，现在这个季节还有雷雨天也太不正常了。”

“要是我不问你呢？”迪恩说，他坏笑着，因自己的小聪明而沾沾自喜。我好奇他是从哪儿听来的这句俏皮话。

“哦，”妈妈说，“如果你不问，我不会告诉你的。”我不知道妈妈有没有听懂迪恩在开玩笑，这是她真诚的回答还是反击。“下午你和弟弟放学之后，能不能用耙把草坪上的落叶清理干净？”妈妈继续说，“这样的话，周末你们就可以用投球玩具了，天气变冷之前你们还可以玩玩。”

“妈妈，那叫投球机，”迪恩说，“不是玩具，是用来练习的。”迪恩和我在同一个棒球队——或者说，等到春天我年龄够了就可以加入他的球队。投球机像直立的蹦床，一个圆形的铁框上紧紧绷着一张网。你把球扔到网上就会弹回来，这样一个人也能练习投球。

妈妈叹了口气。“随便它叫什么。”

他们两个人继续交谈，妈妈在一边说树叶和院子里的杂活，迪恩说的是棒球和他下个季度要得多少分，两个人都试图分散爸爸看报纸的注意力。时间一分一秒过去，爸爸随时都有可能站起来，走向门口。他会顺手揉揉我和迪恩的头发，然后吻一下妈妈。“亲爱的，我走了，”他说，“乖乖听话，你们两个。”之后就出门了。我没剩多少时间能和他们交谈了，于是想到什么就脱口而出。

“昨晚我看到了一只怪物。”

如果说我心里期待着什么效果，或者说什么特定的回应——大吃一惊之类的，那我可要失望了。爸爸继续看报纸，妈妈困惑地看着我，脑中搜寻着作为一个母亲在这种情况下应该回答什么。只有迪恩回应了我的话，他耸耸肩，不屑一顾地哼了一声。

“胡说八道。”他说。

“迪恩，”妈妈训话，“注意你的用词。”

“是真的，”我说，“当时我的门关着，一个暗影转动门把手，从外面打开了门。”

“暗影？”迪恩问。

“是的，像个人影。不过是全黑的，我只能看到黑影，它比夜晚还要黑。”

“你是偷彼得·潘的故事，是彼得的影子。”

“不是，彼得·潘的影子是平的。”

“二维的。”妈妈说。

“是的，”我说，“二维的，彼得·潘只能贴着墙和房顶，那个怪物是三维的，甚至更多维。”

“白痴，”迪恩说，“怎么可能比三维还要多。”

“至少是三维的。”

“如果你看到了一只怪物，为什么你还在这里，它怎么没吃掉你？”

“不是那种怪物。”

“那它在干什么？”

“我不知道，好像是在跳舞，我猜。”

迪恩差点笑喷了，他嘴里塞满了牛奶和麦片，拼命试着闭上嘴。他咬着牙关，脸变得通红。为了忍住笑反而让他笑得更厉害了，他全身无声剧烈地抖动着，最终一片麦片和一点儿牛奶从鼻子里喷出来，他实在忍不住了，把嘴里的东西喷了出来。

“迪恩。”妈妈叫了一声。

“一只跳舞的怪物，”他尖叫，“艾略特看到了一只跳舞的怪物。”

我感觉脸红了，爸爸生气时也会这样。我的一生只有短短九年，我一直都认识迪恩，我知道他就是这样的人，但还是感到很受伤。

“不是跳舞怪物。”我喊了回去。

“你刚刚说的，”迪恩在椅子上咯咯笑个不停，好像要尿裤子了一样，“你刚才就是这样说的。”

他说得没错，我没想到迪恩和逻辑有任何关系，这个回击让我无话可说。我的脸越来越烧，眼泪就快要流出眼眶。妈妈注意到了。

“好了，你们两个，闹够了吧，”她说，“迪恩，把桌子擦干净。艾略特，别生气，他只是在逗你玩，没有必要这么激动。”她转过脸，爸爸还在聚精会神地看报纸。“理查德，我想我们需要找人看看艾略特的门，门锁有问题，风轻轻一吹就开了。”

“房子里面没有那么大的风，”爸爸说，“再说了，他为什么要锁门。”

“因为怪物，”迪恩还在咯咯笑个不停，“还有树。”

“什么树？”妈妈问，“窗户边上的树吗？怎么了？树枝已经挨着房子了吗？”

“前院的树，”迪恩说，“艾略特认为那些树是活的。”

“它们是活的，”妈妈说，“所有的植物都活着。”

“不，艾略特觉得那些树要来抓他，”迪恩说，“所以他才锁门，因为树和怪物。”

他说了那么多我都想反驳，但是不知道从哪里开始。第一，我想告诉妈妈那些树的确像是活的——真正活的，有意识，不只是植物意义上的活着。第二，我从来都没说过我需要锁着门。第三，我从未说过那些树会伤害我们，我也不害怕它们。我也不觉得怪物很吓人。为什么我要把它关在门外。但是这些话都纠结在我的喉咙里，说不出口。我沉默不语，而迪恩笑个不停，最终没有时间解释了。爸爸深吸一口气，折起了报纸，一口气喝完咖啡，从桌子旁站起来。

“世界上根本没有怪物。”他说。

谈话就这样结束了。

怪物的胆子变得越来越大，但是我默默发誓不再提起它们。暗影几乎每晚都来我的房间，有时候开门进来，有时候从门缝钻进来。极个别情况，它还出现在别的地方，有一次我在朋友家过夜，它也出现了。它总是晚上来，在最黑暗、最安静的角落待着。怪物有很多种。有一种是出现在我眼角的一轮闪亮的新月，还有一个怪物长着老人的脸，就在我窗外的树上。万圣节那天——那天也是我的十岁生日，我从被子里偷偷向外看的时候，发现一只格外大胆的鬼怪在乱翻我的衣柜。那是个胖胖的男人，穿着一身黑，像个强盗。他和暗影不一样，我可以很清楚地看见他的长相，当他转身冲着我微笑的时候，我有点兴奋但是也很不安，就好像我当场逮住他偷东西，但是他一点儿也不在意。

这些怪物出没的地方不限于我的卧室或我生活的地方。一月的康涅狄格州正处于严冬，全家举行了第一次家庭旅行。虽然我们经济拮据，但是爸爸坚持要去佛罗里达州度假，因为大家都这么做。前一分钟还被皑皑白雪包围，下一刻就在热带地区的海滩上，这种感觉真是不可思议，像是从冬眠中苏醒，或是进入另一个宇宙。怪物们也有同样的感受。它们随处可见，藏在棕榈树之间，在海浪之上跳跃。

迪恩和我大多数时间都泡在海里。妈妈负担起了救生员的责任，爸爸容易被晒伤，被迫待在酒店的空调套房里。妈妈并不介意，但是四个多小时过去了，她还没有踏进海水中一步，还是太奇怪了。我和迪恩在海里玩累了，回到岸上瘫倒在浴巾里，终于成功劝说妈妈试着下海。

“海水冷吗？”她问。

“不冷。”我们回答。是真话也不算真话，我们觉得海水不冷，但是对妈妈来说肯定太冷了。但是我确信，一旦她适应了肯定会喜欢的。所以这是半个真相，加一个善意谎言，我觉得不算太坏。

“有鲨鱼吗？”妈妈问。

“妈妈，别犯傻了。”迪恩说，这当然不算是一个回答。我们也不知道有没有鲨鱼。说实话，妈妈没问之前我根本没有想过这个问题，现在我自己也有点儿担心。

但是她被我们说服了。她放下杂志，摘下了遮阳帽和墨镜。她伸手擦干净腿上的沙子，可她马上要下海了，这样做也没什么意义。

我和迪恩躺在浴巾上给妈妈加油打气，她小心翼翼地走过火热的沙滩，海浪冲刷着她的脚踝。冰冷的海水让妈妈打了个激灵、耸起了肩膀，但是妈妈真好，没有因此责怪我和迪恩。她继续往里走，在两次碎浪的间隙里，向着深蓝、平静的海域走去。很快，她的肩膀就被海水淹没，开始游泳。

“哇哦，妈妈真的下海游泳了。”迪恩说。

但很快我们意识到事情有点不对劲。她的头几乎全部淹没在水面之下，双臂挥舞却没有在滑水，而是剧烈地拍打水面。她在两股海浪间隙形成的水流间挣扎，快速朝大海深处漂走。

“怎么回事？”迪恩高声说，“她在干什么？”

我沉默没有回答，迪恩朝附近的一个救生塔跑，在当时那种情况下，距离似乎遥不可及。我不知所措地站在海滩上，惊恐地看着妈妈越来越小，大脑变得空白。心中的恐惧似乎要喷薄而出，就在此时我看到水面出现了一个暗影，从一侧慢慢靠近妈妈。我害怕那是一条鲨鱼，但是暗影撞上妈妈时她没有任何反应。暗影待在她身边，把她推离了水流，推到了海浪之中。她不再漫无目的地漂流了。她抬起头，海浪慢慢地把她带回到了岸边。我突然明白了，暗影是我卧室里那个怪物，是它救了妈妈。

爸爸找到我们的时候，妈妈已经裹着浴巾坐在沙滩上，不停颤抖。她盯着两脚之间的沙子，沉默不语。她什么也没说，对于我和迪恩在一旁帮忙她也没有什么反应。爸爸来了之后，我和迪恩争抢着解释发生了什么事，我一时心急，忘记了自己发过的誓。

“是怪物救了她。”我脱口而出。

爸爸愣了一下。迪恩突然停下不说话。妈妈歪着头看向我，我没有想到她眼中会露出如此凶恶的神情。

“可恶，别太过分了，艾略特。”她说。

迪恩瞪着我。“你是白痴吗？”

“你当时又不在。”我大喊。

“因为我去找人帮忙了！”

“够了。”爸爸说，立即结束了这场争吵。他把我拉到一边，远离迪恩和妈妈。“艾略特，”他说，“妈妈现在很害怕。刚才她遇到了离岸流，被海浪卷走了，这种事经常发生，明白了吗？”我没有回答，他揉了揉我的肩膀。“这样吧，”他说，“回家以后，我就陪你练习棒球。你喜欢打棒球，你很想加入棒球联队，是吗？你完全有可能成为一个厉害的棒球运动员。”

我的确喜欢棒球，我也很想加入联队。爸爸相信我能成为厉害的运动员，这让我很高兴，更让我感到温暖的是他说要帮助我。我知道他说的是对的，我知道妈妈不是故意冲我发火，即使我的感觉告诉我这不是真的。

“你觉得怎么样？”爸爸问我。

我的身体慢慢放松，我点点头。

“很好，”他说，双手松开我的肩膀，“从现在起我不想听见你再说任何有关怪物的事。”

之后

你死之后，来到了一间只有一扇门的房间，事实上，房间和门都不是真实的，但是，这不重要，总之，你来到了这里，在只有一扇门的房间，等待。你不知道在等什么，或者等谁。直到门打开，乔利斯走了进来。你想，哦是的，你正在等待乔利斯，他拿着一支铅笔和一个写字板，举手投足间都很专业，他看到你，脸上露出了温暖的微笑。但是他很快重新调整好自己，换上了一副商人的样子，慢慢走近身体。

现在你才注意到那个身体。它躺在房间正中的桌子上。这是你的身体，你刚刚离开它，这一生你都在这具身体里度过。它还是原来的样子，不对，是跟你离开时一模一样，因为它最初和现在还是有很大区别的，而且一直在变化。大部分变化，不论好坏，是必定会发生的。骨头生长，肌肉变多（到后来骨头会萎缩，肌肉也会消失）。你记得小时候的衣服慢慢会变小，很多年后头发会慢慢变稀疏。其他变化是自己选择的，有时候也是自找的。比如说，人生最后的选择。

乔利斯走到桌子旁边停住。他盯着身体的眼神开始有些悲伤，但是慢慢露出赞赏甚至尊敬的神情。你觉得很奇怪。你自己都没有这样观察过自己的身体。你认为乔利斯肯定有问题，至少也是近视。身体的一些特质曾经对你造成很多苦恼，但是他却置若罔闻。比如说，你不喜欢身体的长度。还有，正中间那松松软软的东西也不是理想的设计。牙齿要是能够更加整齐和洁白就好了。你想说的还有很多，但是不知为什么，这些事已经不像过去那样让你感到烦恼了。你似乎正在通过乔利斯的眼睛看着那具身体——你过去的身体，你喜欢它。

乔利斯从自己的白日梦里清醒过来。他的手伸向“身体”的头部轻轻拍了拍大脑。在接触的瞬间，大脑释放出一股光芒，流向屋子四周。

“那是什么？”你问。

“你的记忆。”乔利斯说。

你靠近仔细观察。发现这条发出白炽光芒的河流是由数不清的细丝一样的光束组成的。每一根纤维都维系着各种各样的场景，既有你熟悉的面孔和时刻，也有同样多你不认识的。

“你确定这些是我的记忆吗？”你问，指着几条纤维，“我想这些我都不认识。那个，我不可能说那种话。”

“还能是谁的？”

“但是我根本不记得。”

乔利斯同情地点点头。“你会想起来的。”

记忆平稳地流动，乔利斯非常满意，他翻动着写字板上的文件。每一页都有提前打印好的不同的检查项目，细小的字体密密麻麻排了很多列，每一行的旁边都有一个小框。乔利斯快速翻动文件，你注意到多数的小框都有标记，但不像平常那样打叉或打钩，而是感叹号，笑脸或者其他不太常见的标记。最终，乔利斯翻到一张干净的页面，最顶端写着你的名字。

“啊，”他说，“在这里。”他拿起铅笔开始检查“身体”，欣赏的神情变成了认真的评估。他集中注意力，熟练地一处接一处检查。你知道乔利斯不会错过任何细节。如果，身体的状况是完美的，他会注意到的。

“身体状况完美。”他说。

“谢谢，”你骄傲地回答，“我很仔细地保养身体，至少在那之前——你知道的。”

“是吗？”乔利斯不解地看着你，“你做了什么？”

“就是，”你说，“最基础的有氧运动，可以说所有的我都试过了。体操，普拉提，爵士舞，大部分的瑜伽——热瑜伽、哈他瑜伽、流瑜伽、吉瓦木克堤——”

“吉瓦——”

“——木克堤。哦，我太喜欢吉瓦木克堤了，还有不计其数的力量训练——哑铃、波比跳、力量训练、举臂单腿深蹲、跪卧后踢腿。六分钟腹肌训练、八分钟腹肌训练，所有的腹肌训练，真的。”

乔利斯继续检查，偶尔抬头看你一眼，表示他在认真听。虽然他已经检查完了身体的一半，但是表格上什么也没写。你觉得很奇怪。怎么说你的身体也不会连一项都不合格，也许他根本没有真正欣赏你的身体。

“还有饮食方面，”你告诉他，“虽然小时候我也吃含糖的麦片，但是我可没有一直这样放纵自己。先戒了红肉，然后是吃素，最后连鸡蛋也不吃了。不喝酒，不抽烟。除非必要连阿司匹林也不会吃一片。我不吃麸质食品，不吃糖，咖啡因、大豆、脂肪，碳水化合物，都不吃。基本上食物都不吃了。”

乔利斯冲你点点头。他快检查完了，但还是什么都没有标记。

不知道为什么，你很介意。你越来越紧张，语速也加快了。

“我使用的时候也非常小心，”你说，“我尽量避开日晒，从来不在饭后游泳，头盔也按要求戴着，每天保证八小时睡眠，使用牙线，戴安全套——”

乔利斯站起来，看了一眼脚上的茧，向后退了一步。他放下铅笔，不知道是不是偶然，发出白炽光芒的记忆流越来越细，最后停止了。

“检查完了？”你说。

他点点头。

“但是表格上你什么也没写。”

“是的，”乔利斯说，有点不太舒服，“这种情况很不寻常，但是你不用担心。我不是来给你打分的。”

“那是什么？”你问，“你在核对什么？”

“伤疤。”他说。

“你是说受伤之后的疤痕吗？比如我不小心把手机放进搅拌机之类的？”

“是，但不仅如此，这份清单包括所有使用容器有可能产生的任何痕迹。当然包含割伤和擦伤，以及皮肤松弛和头发花白，不过还有自尊受打击、梦想破灭、名声损坏、内疚等等，从破碎的骨头到破碎的心。”

“你能看到心脏的伤疤？”

“当然，”乔利斯说，“我还见过心脏完全被掏出来的案例呢。”

你看着桌子上的身体。它完美极了。为什么你从未注意到这点。“我什么伤疤都没有？”

乔利斯再次看了看表格。“显然没有，”他说，“我承认这种情况很罕见，但是，我说过，身体保持了完美的状态。”

“这是好事，对吗？”

乔利斯温柔地看着你。“记住，”他说，“表格完全是为了我们内部研究，这不是计分卡，没有成绩。”他顿了一下，内心似乎挣扎了一番。“不过，最惊心动魄的旅途往往伴随着最多的标记。数据上的确是成正关联的。当然了，一根断了的骨头完全有可能是因为一次纯粹的事故——比如说，一个旅行者站在邮箱旁被一辆过路的车撞了。但是大部分情况都是因为大胆的尝试——比如，她登山或者骑自行车下山时速度太快而摔倒了。”

“那其他的伤疤呢？”你追问他，其实你已经知道答案了。

“一样的，”乔利斯说，“如果一个旅行者从出生到死亡这一辈子都受到了悲惨的待遇，那么他肯定会心碎的，但是数据显示，心碎的主要原因是一个旅行者失去了他最深爱的东西，”乔利斯指着桌子上的身体说，“而这颗心，是完美无缺的，一个裂痕或者缺口都没有。”

“它被保护得很好。”

乔利斯了然地点点头。“似乎是这样的。”

恐惧像冰冷的胆汁攫住了你，如果你还有胃，现在肯定破了个洞。不知道这个洞在不在乔利斯的清单上。“所以我搞砸了，”你说，“我浪费了自己的一生。一次没有旅行的旅途。”

“这不是我们评估的因素，”乔利斯说，“现在一切已经尘埃落定了，不过既然说到这里了，你还记得十五岁那年你迷恋上一个人吗？那个在夏末街冰雪皇后打工的那个女孩，你为什么没有采取行动？”

“我害怕被拒绝。”

乔利斯又点点头。“看吧？受伤的自尊，一点点心痛——这就有两项了。”

“所以疼痛是得分的根据。”

“不是疼痛，是努力去尝试。”

你看着自己的身体。前一刻还觉得完美无瑕，现在了无新意。你之前因为保护自己而产生的骄傲变成了悔恨，你后悔自己没能拥抱自己的人生。这具身体太过完美，就像没有使用过。现在只有一件事可以抹杀它的完美，你紧紧抓住了最后的希望。

“那么最后那件事呢？”你问，“生命结束的那次。”你想，你的身体毕竟最后死了。你杀了自己。你指了指你自杀的证据（手腕上的割痕，脖子周围的瘀青或者是头骨上的弹壳）。

乔利斯摇摇头。“不，”他说，“对不起。”

“为什么？”你问。你觉得那是一个伤疤，如果别的伤痕都不算，这个至少算是一个吧。

“痕迹是努力活着的人创造的，不是努力放弃的。”

你的恐惧完全变成了绝望，无法承受。虽然乔利斯已经声明了：不评价，没有成绩单。你知道自己现在渴望得分。只有一个也行，就一个伤疤，你活过的证据。

“送我回去，”你告诉乔利斯，“求你了，我保证这次会不同。”

乔利斯比刚才还要温柔。你能感受到他的同情和无助。“对不起，”他说，“你无法用这具身体回去，这办不到。”

你没有身体，所以无法流眼泪，但是你想哭，这也太讽刺了，你一生都试着不要哭出来。你慢慢垮了，感到所剩无几，快要消失了。

乔利斯一直看着你。“这样吧，”他说，“最后那次我就算是半分吧。”

“真的吗？”

“我不应该这样做，”他说，“严格来说，这样会破坏我们的研究，不过最多算是一个舍入误差，为你我很乐意。”

你感到得救了。好像乔利斯把站在深渊旁边的你拉了回来。“谢谢你，乔利斯。”

“这没什么，”乔利斯说，“说实话，我看不出这有什么大不了的。这不是成绩单，我也不是来对你的人生指指点点。有没有标记，无所谓。”

艾略特
（1982）

我爱睡觉。这是我最喜欢做的事情之一。但是我没法证实，从定义上来说，我无法认识到自己的无意识，但我深信不疑。有些事只能依赖信仰。但是我有证据，间接证据也算。

例子A，我痛恨早上起床，痛恨。没有一个黎明不是如此。我想把头埋进枕头，把被子拉过头顶盖住自己。冬天更别说了（父母为了省钱，把供暖温度调得很低，我们主要依靠厨房的煤油加热器取暖）。我窝在被子里，全身裹得严严实实，享受着鼻尖和脸颊上的冰凉，但是让我只穿着内衣离开被窝，想想就绝望。

例子B，打盹儿没人能比得过我，要是奥林匹克运动会有这个项目，我能拿冠军。我随时随地都能入睡，校车上眯五分钟（“眨了个眼”）或者晚上小睡一直睡到第二天早上（“打了大盹儿”）。我最喜欢的还是传统的午休。无数个下午我都在沙发上，眼皮沉沉地耷拉着，呼吸清浅，暂时从这个世界抽离。

度假回来之后，我自发增加了睡眠的时间。康涅狄格州还是深冬，前院被厚厚的白雪覆盖，显然短时间内我是没有办法和爸爸一起练习打棒球的。这样的天气让人只想深深埋进自己的小窝里。我们不是那种干什么都共同进退的一家人，或者有什么共同的信仰，主要集体活动就是看电视，除此之外家里没有什么事可干，写作业和看书也打发不了多少时间。我这种无精打采的状态，妈妈最多能够忍受一个星期，之后作为母亲的责任感就不允许她继续纵容我了。

“你睡的时间太长了。”她说。周日早晨，她吵醒了我，虽然不是直接叫我起床，但是她用窸窸窣窣的行动达到了目的，她打开百叶窗，开始收拾我的房间。我突然意识到有个词语可以准确地形容妈妈——行动派。她一辈子都是这样过来的。虽然她的批评是出于好意，但是她凭什么决定我需要睡多久？非洲的狮子一生有百分之八十的时间都在睡觉。就我所知，没人质疑它们是不是睡过头了，周日早晨它们睡得正熟的时候，也没人敢窸窸窣窣地吵醒它们。

“狮子每天睡二十个小时。”我说。

“是啊，但你又不是狮子。”她说。我早就料到她会这样回答，直截了当的现实虽然让我无话可说，但是偏离了重点——但 是我刚刚睡醒，有点儿晕乎乎的。

“我刚刚做了一个梦。”我告诉她。这没什么稀奇的，算是我热爱睡觉的第三个证明，我做的梦是线性、有故事的美妙梦境，我不想清醒过来。刚刚的梦也很好，但是我不会跟妈妈多说。梦中，我们一家、暗影和其他怪物围坐在一起，妈妈一边给影子倒咖啡，一边跟它聊聊天气。我讲了个笑话，全家人都笑了，尤其是爸爸，他笑得停不下来，脸越来越红，眼睛里都是泪水，最后麦片从他的鼻子里喷出来，掉进了暗影的咖啡杯里。

“你不能浪费生命做梦。”妈妈说。

“我还有其他做梦的时机吗？”我问。

“算了。”妈妈说，她不喜欢长篇大论，也没有什么成熟的逻辑，她拉开了窗帘。

外面很冷，天空灰暗一片，不适合打棒球。我一直期待着什么时候能和爸爸一起在外面玩，于是想到唯一能练习的方式。我拿起手套，从走廊的衣柜里找出一只网球，然后走向地下室。日光灯管挂在低矮的天花板上，但是我没有感到头顶有压迫的感觉，因为我只有十岁，而且身高比同龄人矮。地面和墙面都是没有装饰过的水泥表面，对我来说正好。我从纸箱、旧折叠椅和其他杂物里清理出一条窄窄的通道，连接地下室两端，我用白色粉笔在对面墙上画了一个长方形，希望大小差不多等同于一个十二岁小孩的形体，然后开始投球。

冬季房子里很安静。地下室一片死寂，只有网球撞击水泥墙面反弹时发出的韵律声，我开始享受这种声音带给我的平静。第三天，爸爸终于下来了，我立刻感到担忧，我敢肯定他是来阻止我练习的，因为噪音让他和妈妈发疯。没想到他给了我一只弹力球，不但大小、形状跟棒球一样，球的表面还有凸起模仿棒球的缝线口。他说这比网球好，更接近真的棒球。我问他我的手势和技巧怎么样，希望他能指导我。他看着我投球，点点头。

“我看着没什么问题。”他说完之后就上楼了，留下了一阵短暂的沉默，我忍不住想，要是他能多说几句话，就能填满这段寂静。我满不在乎地抖抖肩，又面对着墙开始练习。

就这样过了几天，也可能是几周，我不清楚。当冬天慢慢过去的时候，我已经能把弹力球扔到任何我瞄准的位置。我急于向爸爸展示成果，刚刚出现雪融的迹象，我就拿出铲子去清理房前草坪上的雪。结果这比我想象的要难，铲子是为刮沥青设计的，不适合耙土。我已经把表层的坚冰弄破了，但是铲子前沿不断被草钩住。我花了一下午的时间，试图清理出足够两个人接球的地方，直到胳膊因为劳累而发抖才不得不停下来，但我觉得足够了，第二天出太阳后刚好证实了我的想法，暴露在外的草坪被烤干，寒冬有了一丝春天的气息。

爸爸回来的时候，我已经戴着手套、拿着棒球在外面等候。他还没来得及打开车门，我就迫不及待要投球给他看，我有很多问题——什么是二线球？怎么扔曲线球？你放下公文包需要多久？他进屋几分钟之后就出来了，而且也放下了公文包，但是他没戴棒球手套，而是拿了一个扁平的长方形纸盒——是投球网，天冷前我们一直没有机会用。爸爸拿出零件，快速把铁框架和网面组装好。

“看着投球板，好吗？”他说，“试试吧。”

那种小沉默又出现了，但是爸爸无意打破，我不知所措，退后一步，朝着投球板，抛出球。球击中板正中心弹回到我的手里，仿佛有一根绳子牵着。

“这比地下室的墙还要好，”爸爸说，“再扔几个我看看。”

我照做了，但心里并不情愿，也没有使多大的劲儿，相比之下，我在地下室就像是在扔炮弹。但是这个力道测试投球网刚刚好，对于爸爸来说也足够好。他最终点点头，摸摸我的头发，然后进屋了。

门还没关上，迪恩就冲出门来到除了雪的草坪上，他戴上手套张开手掌期待地看着我。

“轮到我了。”他说。

“我还没练习，而且雪都是我清扫的。”

“知道了，你要练多久？”

“我不知道，”我说，“你想玩接球吗？”

“接球？为什么？放着投球板不用，你要是不想……”

“我想用，”我打断他，“实际上我正在用。”我感到脸上一阵烧，有一种不知道是想哭还是揍迪恩一拳的冲动，也许想边哭边揍他吧。我转身面对着投球板，用十岁身体能使出的所有力量抛出了球，但是我无法集中注意力，球扔偏了，从球网的顶端擦过，掉进雪地里。迪恩一路笑着回了屋子。

“扔得好，王牌投球手！”他大喊一句。

于是，从深冬到开春这段时间，我几乎每天都是和投球板一起度过的，偶尔有特别大的暴风雨，我就去地下室对着墙壁进行击打练习。击球板可以同时练习接球和扔球。如果把球扔到球网顶端，弹回来的是变化球；扔到底端，弹回来上升球。迪恩就是这样练习的，他是球队的游击手，主要负责接球和守球。但是我的关注点在球网中心的长方形区域，这是我的好球带，除此之外，我不停朝四个角落扔球直到闭着眼睛也能击中目标。

我不知道自己为什么这么坚持。可能是因为我一直想跟爸爸一起练球，我怕他觉得我打得不够好；也许我只是想向哥哥证明我可以成为王牌投球手；也可能是因为对着投球板练习就像对着地下室的墙一样，重复抛出、弹回的球发出的韵律声让我感到平静。真正的动机是什么很难解释，练习的节奏让我不再去考虑多余的事。迪恩宣称体育是一项战斗。他说人类千百年来都在互相残杀，进化决定了我们需要战斗，而体育，就是现代的一场没有血腥的战争替代品。这对迪恩来说是个了不起的见解，他甚至说得没错，但是天天如此过了几周之后，我投球的技术越来越娴熟，在我看来，这不是战斗，更像是舞蹈——头脑终于安静下来，像是消失了一样，只有身体舞动之美。

少年棒球联赛开始以后我的独训就结束了。我告诉新教练自己苦练投球，但还是被分派到了外野。赛季进行到一半的时候，指定投球手生病了，我才有了一次上场展示训练成果的机会。我们对战的是哥哥的球队。虽然我觉得自己现在正需要这样一场比赛，但是还是感到紧张和害怕。两次不小心打中了击球手之后，我终于找回了投球的感觉。我想象自己站在前院的草地上，本垒板后面的接球手是家里的投球板，他的手套从好球带的一个角落移动到另一个角落，我一个都没有错过。

哥哥带头第二回合。我知道他不喜欢高远的投球，于是扔得又高又远。他看着一个球接一个球被打中，变得越来越焦虑。当他站在本垒板的边缘准备下一个球的时候，我就低低地把球扔在近处。他笨拙地向前跃身，但还是错过了球。第三次，他用球板狠狠砸了一下本垒板，一边走向球员席一边冲裁判大喊，一路上死死盯着我。

我们之间的闹剧在第四回合又上演了一遍，唯一的区别是三次投球的位置不同，以及迪恩气急败坏地下场前给了我更加不屑的眼神。之后他一直没有上场，直到最后一个回合，两个出局，一个二垒。我扔得很好，我们队领先一个本垒，但是只要哥哥能击中一个球，就能打成平局。他从球员席昂首阔步走上场，士气满满的样子，但我看到他在击球位做准备的时候，满脸通红，回避我的眼神。

第一个球低开出局，迪恩猛挥了一下球棒没有击中，他沉着冷静的伪装瓦解了，击球动作不再是往常那么游刃有余，变成了野蛮的挥杆。他大声咒骂了一句，好让爸爸妈妈都能听见。第二个球打飞了，迪恩若有所思地离开了击球位。当他最终看着我的时候，脸上的表情不再是刚才的恼羞成怒，取而代之的是害怕。

我理解迪恩的心情。他今年十二岁，是在少年棒球联队打球的最后一年。他不应该跟自己的弟弟比赛，尤其是在输赢的关头。还记得我们一起抓落叶，我故意输给他，那时他脸上流露出的难以言喻的喜悦。其实，我现在只要把球扔到正中，他就能击中打成平局，然后露出骄傲的微笑。问题是，在抓落叶比赛中，我只要谎报数量就可以了，不用假装抓不到落叶。现在我必须故意失败，背弃整个冬天对着投球板和地下室的墙进行的辛苦训练。我必须清醒地告诉自己的身体要失常发挥，我必须不做自己。这我做不到。我只会一种扔球的方式，就是做到最好。如果哥哥能在外角击中球，我会第一个祝贺他；如果他打不到，活该！

他没有击中，意料之中。他挥杆力度过猛，跪在了地上，差点把自己甩出去。他保持跪的姿势瞪着投球手，棒球成功躲过了他凶狠的一击，安稳地落在手套中。比赛结束了。哥哥微微耸了耸肩，使劲把眼泪憋回去。然后站起来把球棒扔向围栏。他的爆发让场外顿时变得安静，于是当他转身鄙视着我时，大家都听见他下面说的话了。

“你只是运气好，怪胎。谁教你投球的？是跳舞的怪物吗？”

我不怎么辉煌的棒球生涯的终结就这样开始了。在一周的时间里，迪恩告诉了棒球联队大半的人说我相信怪物，不仅如此，还说怪物每晚都会拜访我的房间，穿着花裙子表演歌舞。在这之前，我和其他队员的关系友好，最差的也不过是漠不关心；现在，躲着我的人已经算是好的了，其他人都拿我当笑柄，甚至连我的队友都背着我嘲弄我。一个月之后，耻辱感和胸口的痛在我身上烙上了永久的烙印，我想清楚了：我不需要这些，我也不需要棒球了。我告诉妈妈肩膀疼，因为投球的次数太多了，疼倒是不假，但和扔球有没有关系就不得而知了。她允许我缺席一次练习，然后是一次比赛，然后是另一场比赛，最终，我们心照不宣达成共识：我不会回棒球队了。

夏天终于来了，越来越多的时间都是我一个人度过。当我厌倦了我家后院稀疏的小树林，便开始探索隔壁广阔的森林。这不是什么好主意，我们的邻居哈丁先生刻薄且吝啬，总是一副气势汹汹、咄咄逼人的架势，我觉得不是生活让他变成现在这个样子，而是他天生对世界充满了敌意，而他八十多年人生里，每一天都活出了真性情。他家屋后是枝叶茂密的森林和神秘所在，有一辆老旧生锈的农务器、一架手推犁和一个拖拉机的车壳，妈妈认为这是森林里很危险的信号，也是我不应该去森林里玩的原因。

下午晚些时候，我在禁忌森林深处发现了一个由矮石块堆成的很不寻常的正圆，圆圈正中的老树桩旁有一本书。这本书是谁的？它凭空出现在这里，为什么之前没有看见过？我没有多想，拿起书，背靠着树桩开始看书。

永恒之境的那个时期，有一个巨人，他有一颗巨大的心脏。

我打了个冷战，然后合上书。不知道为什么，我有些困惑。那句话作为一个故事的开头确实是有些奇怪，好像暗示故事已经开始了，接下来要讲的是续集，可实际上并不是，至少书封没有这样写。除此之外，那句话好像启动了什么，发出“咔嚓”一声，就在万分之一秒的时间里，我周围的世界变得昏暗，仿佛是快门按下去的一瞬间。这种感觉过于强烈，我观察四周，疑心是否出现了什么人或者其他变化，可一切似乎都安然无恙。斑驳的日光从树林间透下来，地面和我的脏牛仔裤上都是星星点点的亮光，树叶随着难以察觉的微风轻轻摇摆。我耸耸肩膀试图摆脱不安，再次翻开书。

这次，我已经不在意周围的一切消失在阅读之中，不久之后，连文字都慢慢不知所踪，只留下了文字所描述的世界。永恒之境。各种传说接踵而至，每次都带来一位不同的主人公。但是，最吸引我的是永恒之境本身，那里神秘奇特，鲜活灵动。永恒之境里，万物皆有灵。树能说话，石头有感觉，甚至连天气都有意识。还有一位巨人，他拥有巨大的心脏，因此能够与血肉之躯、木头、石头、天空等一切事物交流。

光线渐渐变得暗淡，我停下不看了。白色的纸在昏暗中微微发亮，黑色的字母搅在一起，难分彼此。我抬起头，不知道过了几个小时，太阳已经下山，森林笼罩在黄昏之中。蟋蟀的鸣声连绵起伏，萤火虫像点点星光笼罩在身边。我双腿僵直地站起来，有点儿头晕，回家的路漆黑一片，我有点儿冷，而且有点儿害怕。我不想穿过森林，于是决定抄近路回去，不过要经过哈丁先生家的后院。虽然有被发现的风险，但愿夜色能够掩护我。

离开了森林，我弓着腰在开阔的草地上奔跑，好像这样能让自己不那么显眼。眼看着要离开达哈丁先生家的地界，一个声音传出来。

“喂，旅行者。”

我愣在原地。黑暗中出现了一小束亮光，不是萤火虫，它一动也不动，一瞬间我以为是那束光在叫我，接着光点越来越亮，终于能够看清光源是后院一盏玻璃灯笼中的火焰。谢天谢地，站在那里的不是哈丁先生，而是一个我不认识的女人。

“你好。”我回答道。

“你想干什么？”她问我，声音不高但很清晰。

“我……什么也不是。”

“我不相信你什么也不是，”她说，“我也不相信你什么也没干，但你不愿意的话，不必告诉我。”

不知道是她的声音又或者是她的调笑，我突然感到松了一口气，不想跑了。

“你为什么叫我旅行者？”

“我觉得你像个旅行者，”她说，“要么你就是一只矮精灵。”

“一只矮精灵？”我忍住没笑出声，“我不是矮精灵，我是个小男孩。”

“矮精灵都这么说！现在我真的怀疑你到底是什么？到亮处来，让我看清楚。”

我走近后看清楚了她的样子，平静的眼神，苍白光滑的面孔。她棕色的头发凌乱地搭在肩上，其中夹杂着的几绺银丝在灯笼的照射下熠熠发光。她似乎既不老也不年轻。

“现在光线不是很好，”她说，“你的皮肤是绿色的吗？”

我终于忍不住咯咯笑了出来。

“我说的话很好笑吗？”

我马上停住。“没有，对不起。”

“没关系，”她说，“你可以笑，我不会介意的。”她微笑着，眼角的皱纹堆成了精灵翅膀上的纹路。“我叫艾瑟尔。”

“我是艾略特，住在隔壁。”

“很高兴见到你，艾略特。我想我见过你的父母，是企业家？”

“不是，是尚斯家。”

她哈哈大笑。我不明白她为什么笑，但没有觉得被冒犯，因为她的笑声很美，充满感染力，像是从她的喉咙传来的一阵清亮的铃声。我突然意识到，如果有人嘲笑你，不一定要生气，让他们笑好了。但我依然想知道原因。

“我说的话很好笑吗？”

她停下了。“对不起，我不是故意的——”

“没关系，我也不介意。”

艾瑟尔点点头，从椅子倾身向前。“企业家是个职业，做新的生意，”她解释，“是愿意冒险的人。所以，我们其实说的是一回事。你的父母经营鞋店，是吗？”

“是的。”说起父母，我想到自己该回家了。天已经完全黑了。妈妈该担心了，很快她就会打开后门，大声喊我的名字，直到我出现。不知道为什么，我不希望艾瑟尔目睹我被召唤的一幕，但我也不想离开。最近我和家人没有过多的交谈，其实仔细想想，我们从来都没有好好交谈过，就好像房间里的氧气有限，说太多话会让我们窒息。

“你将来想成为企业家吗？”艾瑟尔问。

“不想。”我不假思索脱口而出，连自己都吓了一跳。一时间脑海中浮现出鞋店，不停焦虑的妈妈，还有爸爸每天早晨打完电话之后面红耳赤的样子。“但我想帮帮他们。”

“为什么？”

我想跟艾瑟尔解释，我试图从父母谈话内容中定位他们遇到的问题，然后找出解决方案，但每次都迷失在千头万绪的担忧之中——按揭贷款和个人担保、利率、员工周转、供应链。我耸起肩膀，埋着头，心底泛起绝望；我无法清晰明了地表达自己的想法。“我不确定，”最终无奈回答，“也许我可以当个顾问？”

“那很厉害啊，”艾瑟尔说，“我敢打赌，你仅凭着观察父母就能学到各种宝贵的经验，将来你一定可以把学到的融会贯通，给其他企业家提出绝妙的建议。”

一瞬间，我的肩膀轻松了，绝望的感觉渐渐平息。但喉咙一阵紧，说不出话来。是的，我想说：没错，我就是这个意思。

“你手里拿着什么？”艾瑟尔问，冲着我手里的书点点头。

我几乎忘了这回事。脑海中重新唤醒了永恒之境的记忆，我心里十分想回到那个地方。“关于一个地方，”我回答，“一个非常酷的地方。”

“啊，”艾瑟尔说，“那我不打扰你看书了。”

我抓着书的手紧了紧，好像怕被抢走。艾瑟尔似乎没有注意到我的小动作，她只是耐心地看着我。虽然心里不情愿，但这本书的确不是我的，于是我把书递给她。“我在森林里找到的，刚才正要借。”

“问谁借？”

“哈丁先生吧，我想应该是。”

这是我遇到艾瑟尔之后她第一次低下头，眼中的光彩变得暗淡。“哈丁先生去世了。”

我僵在原地。灯光外的黑暗变得危险、空旷。我认识的人当中还没有谁死了。我是不怎么喜欢哈丁先生，但他的死总让我觉得不舒服，而且，我感到有点儿愧疚，因为刚刚还庆幸他不在后院。

“我很抱歉。”

“我也是，”艾瑟尔说，“不过，他按自己的意愿，度过了漫长的一生，这是件很了不起的事。”

“他不欢迎我们在他的森林里玩。”

艾瑟尔点点头。“他不但看重自己的隐私，还是个混蛋。”看着我一脸震惊的样子她大笑。“这是事实，”她说，“但他是我的叔叔，无论怎样我都爱他。”艾瑟尔是哈丁先生的侄女这个事实让我更加震惊，如此不同的两个人居然有着相同的基因。

“不管怎样，”她叹了口气继续说，“现在这片森林已经不是他的了，这里除了我没有别人了，你可以尽情地在森林里玩，你找到的那本书也属于你了。”

我胸口暖暖的，喉咙像是紧紧锁住了一样，但这次总算努力说了句话：“谢谢你。”

“这是我的荣幸，”艾瑟尔说，“你现在是不是该回家了，否则你父母会担心的。”

我点点头，挥挥手离开了。一堵破败的石墙分割了我们两家的院子，我走到墙边转身大喊：“跟你聊天很高兴。”

艾瑟尔在灯光中抬起手。“再见了，不是矮精灵的旅行者。”

在未来

班诺尔说未来我们能够跟死者对话。

当人脑和计算机能够天衣无缝地结合在一起，这是必然的结果。他说生物芯片植入在将来会变成常态，并且逐渐从植入手腕方便日常付款这样琐碎的功能升级为植入头骨防御老年失智这种具有深远影响的用途。

第一个能够从坟墓中与活人世界对话的就是失智病人。她叫萝丝，生前脑袋里植入了一个普通的生物芯片，无线连接着一台电脑，以便监控和维持大脑功能。萝丝九十四岁时在睡梦中安详离世，她女儿第二天早晨才发现她死了，可没想到电脑突然开口问她早饭是什么，差点儿吓得她跳窗。萝丝虽然医学死亡了，但不知道什么原因居然能够通过电脑说话，意识到这个事实，萝丝和女儿一时间不知所措。她们的对话持续了三分钟，紧接着萝丝的神经传导路径就被程序烧毁了，即便如此，这也是一次出乎意料的惊人成就，公众称之为“萝丝的复活”。

这件事引发的轩然大波可想而知，首先，未经许可挖掘尸体的人越来越多。随之而来的打架斗殴、动乱和恶臭引发了不少危机，不只有伦理危机，更有公共健康危机。万幸的是，科学家发现死亡超过几天的大脑无法达成“萝丝的复活”之后，大部分掘墓活动也就不了了之。

第二个麻烦是这项技术——这种操作，随便怎么称呼——是否应该普及。一小部分人出于宗教、伦理、法律、爱国主义、经济等往往自相矛盾的复杂理由，要求彻底禁止应用该技术。但是，未来是宽容的世界，而且起死回生似乎没有对任何人造成伤害，因此，反对的声音根本没成气候就销声匿迹了。

现在该领域最大的争论是：我们真的在和死去的人对话吗？据说，萝丝和她女儿之间的谈话条理清晰，内容也是她们母女之间的私人话题。但情况不总是这么顺利。有时候，去世的人不认识他们的爱人，有时候胡言乱语，重复唱一首歌，或者根本什么也不说。这些不太成功的对话虽然是个例，但是反对派认为这恰好证明人类无法真正与死者的意识对话，“复活”只是神经突触受电击后随机放电。不过对于那些意识清醒的对话，反对者也无法解释，他们只是赌气地说如果把一千个复活的大脑放在一起，时间够长的话总会得到一个莎士比亚。这究竟是真的还是纯粹的奇迹，其实很难说，不过大部分人不在乎，大家都想跟死人说话。

谁有权做这件事也引发了激烈的争执。“复活”的技术虽然一直在提升，但是目前为止对话时长依然保持着萝丝和女儿的三分钟纪录，科学家也束手无策。三分钟，不多也不少，也就是说，我们和逝者对话的时间是有限的，可每个人都想多争取一点儿时间。相关的法律立了又撤，撤了再立。法院大厅总是挤满了打官司的人。为了让后代免于陷入漫长的法律纠纷和巨额开销之中，很多人立遗嘱时说明自己是否愿意被复活；如果愿意，被谁复活；什么时候。

复活虽然带来很多麻烦，但在未来仍然非常普遍，据班诺尔说跟分娩和室内管道维修一样，已经变成了一种日常的奇迹。世界上每天都有人跟死者对话，只是场面尴尬了些，因为死人往往不是很健谈，当生死线两边的人做完最后的告别仪式，喋喋不休发问的都是活着的人，有些问题很现实，有些是质问，总之什么样的问题都有。你邮箱密码是什么？你把猫砂放在哪儿了？你还爱我吗？为什么雷蒙德继承了房子、车和钱，我只得到了玫瑰花丛？对于自杀身亡的死者，等待他们的还有额外的一类问题：你怎么什么都不说？为什么要这样做？是因为我做了什么吗？面对这些老生常谈的质问，大部分死者选择沉默，最多轻声说一句“对不起”，仅此而已。

当然了，还有一个问题，是死者最常被问到的最后一个问题，也是挑起最大争端的话题，对峙的双方甚至都有了（取了）各自的称号。精神永生主义者一方认为“萝丝的复活”无可辩驳地证明了灵魂不灭以及存在死后的世界。另一方的肉体现实主义者认为意识仅存在于实体中，因为只有完整、没有损坏的大脑才能实现“萝丝的复活”，一旦大脑失去了功能，这个人也就彻底不存在了。肉体现实主义者常说：只要过了三分钟，死亡如约而至，绝不缺席。

对此，精神永生主义者则反驳：有时候，死者会说一些活人世界不会发生的奇怪故事。有的死者形容自己和其他“同胞”排着长队等待，或是看着自己生前的身体。肉体现实主义者不屑一顾，说这些故事跟几百年来传说中的濒死经验一样，从未被证实过；死亡是一件压力非常大的事，死而复生，即便是短短的三分钟，也不是什么容易的事，发疯也很正常。

引发精神永生主义者与肉体现实主义者争论不休的终极问题也不难猜——“你去哪儿了？”或者，“你待的地方是什么样的？”

班诺尔说，死者总是感到很困惑地回答："你是什么意思，我就在这里啊？"

"不是，"生者追问，"你已经进入了下一段旅程，之后是什么样？"

不知是出于无知还是故意隐瞒，死者坚称："我和你在一起，我们都在一起，永远在一起。"

艾略特

（1982）

我在永恒之境度过了很多个日夜，倒不是因为艾瑟尔的书很厚，我一天之内就无不遗憾地翻到了最后一页。深夜，我背靠着窗户，需要一点儿时间让内心平静。环顾四周，地板上铺着厚厚的橘色地毯，墙面上贴满了海报，架子上也满满当当都是书、玩具和其他小玩意儿，但此刻我却觉得空荡荡、索然无味，就在一天前，房间似乎还没有这么逼仄，天花板也显得越发低矮。我身后黑色的窗框像一扇通往未知的出口。

我从第一页开始重读，几周的时间都沉浸在故事中。我与书形影不离，它是一扇永远向我敞开的大门。我所有的闲暇时间都用来看书，兴奋和迫切的快乐心情不亚于第一次阅读时的感受，书的封面因此也被我翻得越来越旧。不仅晚上睡觉的时间，早晚餐的时候也捧着书看，还有迪恩出去露营时，我一个人在炎热的下午独享阴凉的阳台。

妈妈似乎一直没有注意到我流连忘返于永恒之境，有一次我陪她出门办事时在车上看书，事后证明这不是个明智的做法，我的胃没有跟上大脑到达远方，而是被移动的车辆晃得反胃，吐在了车挡上。妈妈惊慌失措，同时踩了油门和离合器，我们差一点儿就撞上了邮局外的电话亭。妈妈又气又怕，禁止我在车上看书，除此之外也没多说什么，但是几天后，我又犯了差不多的错误，我和妈妈步行穿过小镇时我埋头看书，没注意走进了来往的车流中，妈妈的尖叫声盖过了行驶车辆的喇叭声。一辆旅行车为了避开我猛地拐向了对面车道，仿木车框擦身而过，距离我的脸只有几厘米。我连松口气的时间都没有，就被妈妈狠狠拽到路边，一把夺走了手中的书。她惊恐的表情让我想起了在佛罗里达的海滩上，她差点儿溺水之后的样子。

“够了，艾略特，”她严厉地说，“你的幻想世界差点儿要了你的命，我不能就这样眼睁睁看着。”

无论妈妈要把这本书扔掉还是藏起来，我知道自己再也见不到它了。钥匙丢了，门被关上了。我变得异常焦虑，吃不下饭，也睡不好觉。当我发现了永恒之境之后，身边的世界仿佛慢慢失去了颜色和气味，现在什么都没有了。整整两天，我置身于这种真空当中，只有不断回忆永恒之境，才将我带回到哈丁先生和艾瑟尔家屋后的森林，石头围起的圆圈还在那里，当我靠近中心的树桩时，愣在原地。

树桩上有一块之前不存在的石头，半个拳头那么大，表面像切割过的宝石平面，在午后阳光的照射下，反射出白色的亮光，阳光照不到的地方则是漆黑的空洞。我从来没见过这个东西，但是我知道它一定来自永恒之境。这本书不是通向永恒之境的大门，只是一张地图。石头围成的圆圈是门廊，这块石头是钥匙。我拿起石块，比想象中要轻。我双手捧着石块，盘腿坐在树桩上，闭上了眼睛。在永恒之境，石头和树木都有生命，拥有巨大心脏的巨人可以召唤那些生命和力量。我决心要做同样的事，用全身心的意志力乞求黑色的石头打开永恒之境的大门让我通过。

我完全沉浸在自己的想象世界里，没有注意到街尽头的双胞胎——库尔特和达沃，不知道为什么我总是把他们的名字记成迪尔特和凯沃。虽然他们不是很友善，但也没欺负过我。他们就是一对客观的存在，和迪恩一样大，但比迪恩还要壮实，因此无论是年龄还是体格，他们对我来说天然具有威胁。他们在迪恩所在的棒球队，也就是说我们不久前还是队友，直到他们听说了关于我的——

"——怪物，"双胞胎之一说，"你听见我说的话了吗，尚斯？听到请回答，尚斯！地球呼叫尚斯。"

我睁开眼，双胞胎两具庞大的身躯赫然立在眼前，他们看上去几乎一模一样，难以区分，都剪着平头，穿着灯芯绒的衣服；不过凯沃脸上的雀斑多一点儿，两人相同的队服上有着各自崇拜的球队（迪尔特喜欢喷射机队，凯沃喜欢牛仔队）。他们各自骑着一辆崭新的山地自行车，我居然没注意到他们过来。我感到有些恍惚，周围的世界仿佛被蒙上了一层布，说话的声音异常镇定。

"你说什么？"我问。

"我说你在和你的怪物跳舞吗？"凯沃说。

"不是跳舞，"迪尔特说，"他好像在给石头手淫。"

我低头看着手里黑色的石头。"这块石头是关键。"

"手淫的关键？"迪尔特大笑。

"不，"我说，"是创造怪物的关键。"

双胞胎笑不出来了。周围的树林里传来阵阵蝉叫，此起彼伏。

"你不能创造怪物。"凯沃说。

"我当然可以。否则为什么只有我能看见怪物，但是迪恩看不见？为什么我在万圣节出生？"

双胞胎瞪着我。我相信迪尔特和凯沃很多年后肯定会成为理智、讲道理的成年人，像妈妈一样有着坚定的意志，但此时此刻，他们还是孩子，还无法完全摆脱世界上存在怪物的猜疑。

“证明给我们看。”迪尔特说。

“给我五元，”我说，“一人五元。”

“我们凭什么给你钱？”迪尔特问。

“因为我要给你们展示怎么召唤怪物。”他们凭什么要白看？我毕竟是尚斯家的儿子，就像艾瑟尔说的，我可是企业家。

双胞胎好像共用一个大脑一样认真思考着这件事的可能性，最后凯沃回答：“好。”我伸手要钱，他鄙夷地回答：“现在没有。”

“那就去拿啊，”我说，“顺便带两个纸杯和一盒火柴。”

“为什么？”

“到时候你就知道了。”

自行车轱辘离开时扬起许多尘土，看着双胞胎迫不及待的背影就知道他们肯定是相信了。几分钟之后两人回来，把自行车扔在草地上，递给我两张崭新的五元钱。他们完全上钩了，我拿过钱放在牛仔裤口袋里。

“好了，仔细听着，”我低声说，“首先，你们必须把杯子里装满雨水，怪物跟人一样，大部分是由液体组成的；然后用土或者石头弄个形状和结构；还需要加入你们的头发，这样怪物就受你们支配了。最后还要找到有生命的东西，这样怪物就能活过来了。”

双胞胎什么都没多问，立即各自去寻找材料。他们从一块大石头的低洼处收集到了雨水，加了土、自己的头发和两只迷路的蚂蚁混合在一次性的杯子里。

“然后呢？”他们问我。

我从树桩上站起来，看着一截伸出面前石圈的树枝。

“爬到这棵树上去。”

我带领双胞胎爬山毛榉树，慢慢挪到了树枝尽头，他们小心翼翼地拿着杯子以免里面的东西洒出来。粗壮的树枝非常结实，承受三个男孩的重量完全不成问题。但毕竟离地面有近十米的高度，大家都有点儿紧张。我走到石圈范围内正对着树桩的中心停下来。

“现在，你们把杯子里的东西倒在树桩上。”

迪尔特和凯沃深呼吸一口，同时把杯子里的混合液体倒了下去。黄昏时分，树木的影子在地面上拉得长长的，水究竟有没有倒上去很难说，但是我安慰他们做得很好。我们在树枝上等待着，谁都不着急从上面下去。

“没有怪物，”迪尔特说，“不管用，你这个骗子。”

“还没完成，”我马上打断他，“我们下去吧。”

回到地面上，我领着双胞胎走进石圈里，让他们把空杯子放在树桩上。

“必须把杯子烧了。”

双胞胎动作一致点点头，像小孩一样对此毫无疑问，坚信不疑。他们严肃地用火柴点着了杯子，火光点亮了头顶的树叶穹顶，充满魔力。我们沉默地看着杯子燃烧殆尽，火光熄灭。迪尔特动来动去，我感觉到他的不耐烦，在他开始抗议之前我已经在思考下一步计划。突然，一阵沙哑的呻吟传来，我感到心脏一揪。

“你听见了吗？”凯沃小声说。

“什么动静？”迪尔特说，“怪物吗？”

呻吟声再次从石圈后的灌木丛中隐隐传来，越来越大，谁都听得出来这是什么活的东西。我动不了了。我头脑中咆哮着赶快逃跑，但是双脚像扎根在土里一样根本动不了。双胞胎不知道是比我勇敢一点儿还是比我更加害怕，总之不像我这样进退两难。

“快跑，”凯沃尖叫一声，“什么鬼啊，快跑！”

他们一秒钟都没耽误，子弹一样蹿了出去。几秒钟之内两个人就消失在视野外，好像从未出现过一样。我独自待在原地，惊恐地盯着灌木丛。呻吟停止了，但是树枝开始晃动，发出窸窸窣窣的声音，一个身影出现了。

是艾瑟尔。在夜色中，她像个小女孩一样哈哈大笑，看上去比我第一次在灯笼下遇见她时显得既成熟又稚嫩。“对不起，”她边说边弯着腰咯咯笑，“我忍不住了，他们脸上的表情太好笑了！”

我全身的血液终于缓慢恢复了循环。“我想我的表情也差不多。”

“是的，”她承认，“对不起，艾略特，你没事吧？”

我不甚在意地耸了耸肩膀，我根本没生气，而是不自觉地笑着说：“你真是个奇怪的人。”

“我只对我欣赏的人这样，”她笑着回答，“你在帮你的朋友召唤怪物？”

“不是召唤，是创造一个怪物，他们也不是我的朋友，我可是收费的。每人五元。”

她笑了。“你还真是一个企业家。”

“我想是的。”

她低头看看我的手。“你拿的石头很漂亮。”

永恒之境的石头在落日余晖中依稀发出亮光。“我就是在这里发现的。”

“这是无烟煤，”她说，“这里很不常见，这是你创造怪物用的东西吗？”

我警觉地看了看她，试图找出她在取笑我的迹象，但是艾瑟尔坚定的眼神一如既往，真诚坦然。“你相信有怪物吗？”我问。

“也许吧，”她回答，“我没有不相信；或者说我相信你，相信你的想法，至于怪物存在还是不存在，对于这件事不重要。”

我想我要爱上她了，虽然我不完全懂她。“我不知道怎么创造怪物。”我坦白，这是实话。其实，棒球那件事之后，怪物好像消失了。也可能是我没有仔细找。但无论怎样，我再也没见过它们，也不可能随便召唤它们。如果双胞胎发现真相，他们肯定会来找我的麻烦。

我有麻烦了。下了三天大雨，我越来越不安，双胞胎的妈妈终于打电话了。我听见妈妈在电话上说了很长很长时间，难道她跟他们家所有人一个一个道歉吗？当她挂了电话之后，表情严肃地瞪着我，开始罗列我犯的错。第一，我撒谎。第二，我因为撒谎得到钱，这叫作偷。第三，应该是最严重的错误，我让她难堪。

“我说了不让你进哈丁先生家的森林。”她说。

“哈丁先生死了。”我说。

妈妈停顿了一下，暂时中止了对我的控诉。“我知道。”

“没人告诉我。”

“我不想你知道后感到难过。”妈妈的语气在一瞬间变得柔和了。这个短暂的插曲有些令人不舒服，当母性的直觉差点占领上风中断这次审判时，内心的裁判官迅速重新掌控局面。她继续宣判如何处置我。首先把钱还了；从此之后不许我再踏进艾瑟尔家的森林，以及，我必须通过做家务攒钱赔偿大雨对双胞胎的自行车造成的损害。

“那可能要很多年的时间。”我说。

“行了，”妈妈说，“别小题大做。”

“是他们自己把自行车扔在外面三天都不管。”

“那是因为你把他们吓坏了。”

可不是吗，我想。说什么没有怪物，放屁！如果不是因为未来一段时间的日子太过绝望，想到双胞胎吓得逃跑的样子我就心满意足了，甚至有些好笑。禁止去艾瑟尔家的森林对我来说是最大的打击。我不但失去了永恒之境的地图，现在连入口也到不了了。我只有钥匙，但是没有要打开的门锁。即便如此，我一直留着那块黑色的石头，直到我的衣服口袋里面都变成了黑色。我甚至没忍住向迪恩炫耀了一番。成功骗走了双胞胎的零花钱之后，我感觉迪恩应该对我刮目相看，可事实是我比之前更加让他难堪。我本来希望永恒之境的石头能够引起他的兴趣，甚至拉近我们之间的关系，但迪恩彻底打破了我的妄想。

“这只是一块脏兮兮的炭。”他说。

“不是炭，是无烟煤。”

迪恩拿过石头，在手里翻来覆去看了看。我们站在屋前的台阶上，他弯下腰，拿着石块在地上粗暴地蹭了一下，留下一道细细的黑线。

“看吧，怪胎，”他说，把石头还给我，“是炭。”

不管叫什么，我把它放在贴身口袋里，在孤寂而漫长的夏天，这是我唯一的慰藉。我想念永恒之境。吃饭的时候，我独自跑到后院待着，妄想能远远望见森林里的石圈。我在后院的边缘徘徊，直到找到某个角度，从那看过去似乎能看到石圈正中间的树桩。雨天我不得不回屋的时候，我幻想着在阳台搭一个小堡垒，监视永恒之境的大门。我找到铅笔和坐标纸，试图画一张粗略的草图，但是很快意识到我根本不知道自己在干什么。我只知道，应该有个门、有一扇窗，正对着森林，我可以进去从里面往外看。但仅此而已。我小心翼翼地找爸爸帮忙，但是没告诉他为什么。爸爸同意了，我虽然有点儿惊讶，但是好歹松了一口气。

之后整整两周——工作日爸爸下班回家，周末从早到晚——我们都在一起做这件事。我们去五金店采购建筑耗材：炉渣砖，2乘以4标准木材和胶合板。我们甚至买了铺房顶的瓦片，爸爸说这是必需的，否则一下雨所有的功夫都白费了。我们一起填平地面，打好地基，把木条锯成需要的尺寸再捆好，鼻孔里都是木屑的味道。当墙壁一面接着一面盖好之后，我的想法慢慢有了雏形。其实是我们的想法，爸爸对这项工程的热情显而易见，我不再感到孤单了。

倒不是说爸爸转变了脾性，我们一起干活的时候，基本没有什么交谈。这不是倾诉秘密的时刻，也不是父亲传授人生智慧的场合，更别说小声讲个黄段子了。我们只是因为一个共同的目标在场而已。即便如此，我也不介意，我甚至连原本的目的都忘了，监视永恒之境的事已经被我抛在脑后，我权当是跟爸爸在堡垒里面打发时间。我想迪恩也许也希望加入我们，因为给房顶铺上瓦片之后，小堡垒比我期望的还要威风。

“都完成了吗？”周一早晨我们坐在餐桌边时妈妈问道。

“成果很不错，”报纸后面传来爸爸的声音，“艾略特将来也许能成为建筑师。”

我回答：“现在只剩下窗户了。”

“窗户？”迪恩说，“储藏室要窗户有什么用？”

“那不是储藏室。”我平静地告诉他，并不介意他怎么想。跟爸爸一起工作建立起来的自信和团结让我变得十分大度。“那是一个小堡垒。”

“爸爸可不是那么说的——”迪恩回答，“他说你们在建一个储藏室，放你的园艺工具。”

爸爸的注意力终于从报纸上移开。“迪恩——”

“你就是那么说的！”

爸爸朝我的方向看了一眼。从他的表情可以看得出迪恩没有说谎。爸爸嘬了几口咖啡，嘴巴一张一合开始动。他在说话，但我怎么都听不懂他在说什么。他说如果我决定不用作堡垒，他才会把工具放进去。

“不用作堡垒？为什么？”我最后问了一句。我想继续完成，但是又不想了。我的意思是，我们就是在建一个堡垒啊！我们不是搭档吗？

“不知道，”爸爸回答，“有时候人们想象的是一回事，但很快会意识到现实是另外一回事。”

我想反驳。我想告诉他堡垒就是我想要的东西，不对，堡垒比我想象中的还要好。但爸爸显然不是这样想的，他说的“人们”指的是小孩，确切说指的是我，这里面可不包括他。他建造的是一个储藏室，不是我们在一起玩的堡垒。我的想法似乎很可笑，这让我十分难堪。我臆想的合伙人关系瞬间蒸发了，就像一朵刚刚成形的云，还没来得及说出它像什么就不见了，无法触碰，连一丁点儿希望的重量都无法承受。

“听着，”爸爸说，“如果你想要一个堡垒那没问题，如果你想要一个窗户，我们就放一个窗户。”

“不，算了吧。”我看看屋子里，爸爸举着报纸，妈妈在水池旁边干活，迪恩低头吃着麦片。一切如常，但我突然间觉得这些人如此陌生、遥远、冷酷，没有生命力。我把头埋进大腿，双眼一热流下了眼泪。

“我会开个窗户的。”爸爸明确表态，并且借此结束这段对话，好像这是应该由他来决定的事一样。

“不。”我哭了，但是我没有流眼泪，身体也没有颤动，只是僵硬的躯壳里已经溃不成军了。“我不想要了。”

“好吧，”爸爸说，“但是别哭哭啼啼的，艾略特，你没什么可抱怨的，感激还来不及。我们没时间看你闹情绪。”

这才是真正的话题终结。我心里有什么被打蒙了一样不知所措，有什么东西直接一击毙命了，我也不确定是什么。我不再说话，早饭也没吃完。一整天都待在后院走廊，一动不动远远望着石圈的方向，直到黑夜猛然降临，日光仿佛垮塌一样没有任何过渡。我看着遥不可及的群星，一分钟也不想待在家里。我想活在一个清醒的世界，那里生机勃勃，充满了爱，人们必须拥有一颗巨大的心脏才能承受一切。我想去永恒之境。

我从后门偷偷溜进艾瑟尔家的院子。虽然外面漆黑一片，她还是看到我了。我预感她会看见我，甚至希望她能看到我，虽然我的目的地另有别处。

“如果在一个夏夜，一位旅行者——”她说了一句话。我停下来等她说完，但她没再开口。她像往常一样坐在后院露台，灯笼的光笼罩在她四周。

“什么？”我问。

“什么？”她玩笑似的模仿我，“你难道不是旅行者吗？现在还不是精灵出没的时候。”

没错，我心想，我是一个旅行者。“我要去永恒之境。”

“就是你说的那个很酷的地方？”

我点点头。“你觉得很奇怪吗？”

她微微皱了一下眉头，似乎觉得我问了一个很蠢的问题。“我觉得如果你找到了一个让你感到清醒、充满生机的地方，你应该想待多久就待多久。”

“如果那个地方只是一场梦呢？”

“所有的一切多多少少都是一场梦。”

“对我的父母来说不是。”

“成年人是难以接受，”艾瑟尔说，“不过不管他们承认不承认，最脚踏实地的人也相信魔法。你的父母没敲过木头吗？”

我不知道，记不起来，也懒得去想。“我把书弄丢了，被妈妈拿走了。”

“很遗憾，”艾瑟尔说，“但你还留着无烟煤。”

我低头看见手里握着永恒之境的石头，但完全不记得自己是怎么拿出来的。我把石头一把塞进了口袋里。“这只是一块煤。”

她轻声笑了。“无烟煤当然是煤，”她说，“想怎么叫是你的事，但名字不是真的。真实的是东西本身，真实的是你看到了什么，其他人看到了什么。”

“有的人什么也看不到。”

艾瑟尔盯着我看了许久，突然意识到了什么，微笑起来。“我小的时候，祖母从来不让我拥抱她。她不喜欢那样的身体接触，但是她喜欢揉我的双脚。她会脱下我的袜子，把我的脚放在她的大腿上开始揉。刚开始有点儿痒，但是我慢慢就喜欢上了。不过我还是希望她能抱抱我。”

“她为什么不喜欢拥抱？”

艾瑟尔耸了耸肩膀。“如果你运气好，人们会以自己知道的方式爱你；如果你真的非常幸运，人们爱你的方式刚好是你所期望的。”

“如果不是我期望的呢？”

“我想你得知足，被爱已经是很幸运的了。”

这种想法当然很好，甚至很有智慧，但就是无法打动我。这些话像是飞过耀眼天际的群鸟一样遥远，而我蜷缩在井底根本不想去触及。我只想逃离。去永恒之境。时间和想法就是这样，当时我根本不可能知道这是我最后一次见到艾瑟尔。如果我知道的话，也许一切都会不一样了。当然，可能什么都不会改变。

我对她表示感谢，尽可能回以微笑，然后继续朝着石圈的方向走。月亮洒下微弱的光芒，勉强能够看清森林里的路。走了一会儿终于找到了老树桩，我拿出黑色的石头敲击树桩，希望它能够变成一道门，向我敞开的门。但是，没有回应，恐惧在心里不断滋生，我害怕永远也无法抵达永恒之境，于是决定孤注一掷。

山毛榉树上的蟋蟀叫声此起彼伏，我爬到了双胞胎之前待过的树枝，低头看着下面的灌木丛，当我看到了树桩，站起来稳定了一下自己的身体，然后跳了下去。当我接触到地面时，听到一声不自然的巨响。当世界在眼前逐渐消失前，我说服自己那是地球深处传来的声音，地球打开了一道裂缝，一条通道出现了。

我错了，就算不同世界入口的门锁打开了，我也没有意识到。我听到的是自己的腿摔断的声音，确切说是右胫骨多处骨折的声音。不知道是因为下落的冲击力还是疼痛，我昏了过去。总之，当父母找到我的时候，我已经失去意识了。那晚受伤之后我在急诊室最先见到的是外科医生，他帮我接好了断骨，打上石膏，但是胸口的紧绷感和眼角的黑点他也没办法。我拄着一对木质拐杖出院了。

现在坐在我和妈妈面前的是第二位医生，或者说是我和妈妈坐在第二位医生面前。他的办公室比起急诊室的环境要轻松，墙壁装饰着木镶板，房间里摆着一张毛绒沙发，医生穿着网球衫和卡其色裤子；但这里也比急诊室更具迷惑性，因为我不知道自己为什么要来，妈妈只说我应该跟人“谈谈”，但不能让爸爸知道。我心灰意冷，没有指出这是多么讽刺的事。

不过，医生真诚的微笑和轻柔平稳的声音十分亲切，当他问我永恒之境的事时，我尽最大努力向他描述了一切，甚至从口袋里取出无烟煤给他看。胸口的紧绷感时常令我呼吸不畅，他耐心地等我喘过气，当我终于说完了，他若有所思地点点头，好像他真的懂我。

“那怪物呢？”他问。

我迟疑了一下，迅速朝妈妈看了一眼，但是他示意我继续说。我描述了房间里的阴影、胖胖的抢劫犯还有其他的怪物。没有一个吓到医生，他继续问我家人、学校和朋友的事。我告诉他我和迪恩抓落叶、打棒球，以及双胞胎的事。

“你有没有过自己正在消失的感觉？”他问我，“不存在了？”

我觉得如果回答“没有”会让这个问题显得很奇怪。不仅如此，我记起了在暴风雨中、在投球的节奏中忘我的感觉；我想起了翻开关于永恒之境的那本书时身边的世界顿时黯然失色的感觉。

“有。”我回答。

“有没有什么时刻你希望自己离开，在别的地方？”

“我想有的。”

“你想去永恒之境吗？”他不经意随便发问，知道这是我渴望接受的邀请。我没有理由拒绝。

“想去。”

医生又点点头。他没有马上做出反应，我的回答在安静的空气中徘徊。“艾略特，”他说，“永恒之境不是真的，你明白我的意思吗？”

他沉重的声音没有感情，他的话不再是邀请，而是公告，是一个法律声明，只允许听众接受。医生的立场彻底变了，我胸口的紧绷感又出现了。刚刚轻松安逸的谈话似乎是一种微妙的欺骗和审讯手段。我感觉自己被引入了一个圈套。如果我服从，我就要摧毁永恒之境和怪物，驱逐雷雨中的鬼神，杀死有着巨大心脏的巨人。但是，如果我不同意医生的看法，被排挤的人就成了我，被父母、哥哥甚至是艾瑟尔抛弃。这个世界要求我垒起一堵根本不需要存在的墙。

可能是不愿意回答，或是无法回答，我沉默了。

妈妈继续跟医生谈话的时候，我在等候室待着，但是可以听到办公室里刻意压低的声音，妈妈的声音显得担心、焦急，医生还是很平静，但是隐约让人觉得不是好事。低沉的说话声在他的办公室里回响，像是气泡一样浮在空中，无法辨识，无法与之交流。

在回去的路上，妈妈坐在车里试图打起精神。她看上去很害怕。理智告诉我现在别去打扰她，但是愤怒和困惑占了上风。

“他说了什么？”我问。

“没什么。”妈妈回答。

“我不明白为什么要去见这个医生。”我说。

“因为是时候停止你的幻想了。”

我应该问为什么，但是我明白她其实没有合理的答案。“可是，如果那些世界都不存在了，那我只剩下这一个世界了。”

“很好，”妈妈说，“这是唯一真正的世界。”

“你怎么知道？”

“你说什么？”我无视她变得尖锐的声音，从口袋里拿出永恒之境的石头，仿佛是在寻求支持。

“你怎么知道？”我说。

“把石头给我。”她伸出手，我不确定该怎么办，“现在就给我！”她大喊一声。我把石头放在她手里，紧接着，她摇下窗户把石头扔到了街上。我大吼一声表示抗议。

“你为什么把我的石头扔了。”我喊道，“现在我再也没办法……”

“再也没办法干什么？”她质问我。

“那些怪物是真的！”喉咙像是噎住了一样紧绷。“永恒之境是真的！连艾瑟尔都说，如果我想去永恒之境，我就应该去。”

“艾瑟尔？我们的邻居？”妈妈双手握着方向盘，骨节发白。“一个离了婚的孤独老女人凭什么管教别人家的小孩？你不许再跟她说话，听见没有？永远都不行。”

我不知所措，呼吸变成了断断续续的喘气。我不知道他们还能从我这里夺走什么，我不明白这一切是为什么？“我想知道医生说了什么？”

“没什么，他不知道自己在说什么。”

“为什么你就不能告诉我他说了什么？你能不能告诉我哪怕一件事？”

妈妈终于不再犹豫。“他说你不是真的想去什么仙境，”她说，眼睛里噙满泪水，“他说你想自杀。”

第二部

我们现在要具体讨论存在的斗争。

——查尔斯·达尔文，《物种的起源》

之前

“这个主意糟透了。”乔利斯说。

“没有其他办法了。”梅里亚姆说，一边打扫散落的云，收起装情感的瓶子，除了最后一瓶，其他都空了，她整理好房间就准备离开了。

乔利斯看着屋子正中央的空桌子。“原始样本呢？如果我们塞点儿……”

“太晚了，”梅里亚姆说，“每个旅行者胸口的空洞都是独特的，只有他们自己知道需要什么去填满那个空洞。”

“梅里，你不能自作主张，随便让愿望成真。”

梅里亚姆露出一丝喜悦。“没错，乔利斯，就是这个。愿望成真。”她环视房间，满意地点点头，走到窗边。她拉开窗帘，远处闪烁的地球定格在这一幕。

“升职的事你就别想了。”乔利斯说。

梅里亚姆回头看看他。“我想你说得对，”她并不在乎，走到窗台边，“那也是没办法的事。”

“更糟的是，”乔利斯警告她，“老板不会就此罢休的。”虽然老板不是目光短浅、不讲理的人，但他们有什么不满绝对会让所有人都知道。乔利斯有种预感，这件事会让他们非常生气。

梅里亚姆想了想，说：“你说得对，我需要一个伪装。”

精灵是梅里亚姆的主意，仙女（教母，牙齿或者其他）也是，还有水中、森林里和天空中的精灵。实际上，所有的伪装都是梅里亚姆的主意。乔利斯很欣赏她娴熟的技巧。他最喜欢的是小矮妖。想要小矮妖实现你的愿望，必须先抓住他们。旅行者必须下点儿功夫才行。此外，乔利斯很适合穿绿色的衣服。

当然了，乔利斯和她一起走。尽管梅里亚姆的计划漏洞百出，而且那个大洞是她留的，他也不可能让她独自下去冒险。他们俩变成不同的样子在地球上漫游，行动迅速，为了躲避上级经常变换伪装，灯笼、桥底、树皮或者河岸边都是他们的住所。从山顶、谷地、森林到沙漠，从废弃的村庄到现代大都会，梅里亚姆和乔利斯聆听人类的愿望，实现他们的愿望。他们成功了！梅里亚姆是对的。无论希望或是绝望，人类总是充满期待地向他们许下心愿，当他们的愿望实现了，就会心满意足幸福地离开。每一个微笑，每一句感谢，每一次喜极而泣，每一声释怀的叹息都让梅里亚姆洋溢着幸福。乔利斯很庆幸他们来了。

但问题是，有了时间的限制，梅里亚姆和乔利斯意识到自己没有足够的时间。人类的愿望似乎永无止境——凯乐比想要一次大丰收，安娜赫拉要一个孩子，蒂姆要新款Xbox游戏机。最终，要求超负荷，梅里亚姆和乔利斯发明了其他不需要他们在场的许愿方式——旅行者向流星和喷泉里的硬币许愿；他们摘四叶草的叶子，扔睫毛，吹生日蜡烛。

但复杂的情况不停出现。大部分的愿望都很简单（人类多数时候都是以不同的方式索求财富），但也有一些意思含糊，很难解释。

卡特琳娜想变“美丽”。小武想要“复仇”。还有些愿望截然相反。比方说，奥巴斯希望赢得巴巴顿德的老婆的爱，而巴巴顿德的愿望刚好是赢回自己老婆的爱。虽然梅里亚姆和乔利斯认为自己明白这些愿望，但他们还是常常犯错，甚至无法预料到一个愿望实现之后意想不到的后果。这使得一小撮反对派开始贬低许愿。“别随便许愿，”他们说，“小心愿望成真。”虽然这些负面反馈让梅里亚姆感到沮丧，但它的影响就像是河流中的一个漩涡那样渺小。多数旅行者对许愿着迷，因此梅里亚姆和乔利斯坚持不懈迎接任何挑战。

可许愿上瘾成了问题。第一位“瘾君子”回来找他们的时候，乔利斯感到很惊讶。那是个可爱的女人，她年轻时想要的是美丽，当愿望实现的时候，她是多么高兴啊！但是现在她又回来了，并且有了新的愿望。梅里亚姆虽然感到灰心丧气，但没有因此退缩，她实现了新的愿望，女人离开时比以前还要高兴。愿望达成的旅行者一次又一次回来要求更多的愿望，似乎永远也不满足，两个愿望变成三个、四个，没完没了。愿望之间相隔的时间各有不同，取决于愿望的内容、许愿的人和他们内心的空洞大小。对于不同的人来说，一个愿望带来的满足感时长从四十分钟到四十年不等，几乎没有人一生只满足于实现一个愿望。乔利斯感到绝望，他不知道旅行者什么时候能知足，不但许愿的人类无穷无尽，人类的欲望也永无止境。

梅里亚姆拒绝就这样放弃。乔利斯为了她也咬牙坚持着，他们一直艰难地超负荷工作。精灵开始一次实现三个愿望，小矮妖也是（但前提是必须抓到他们，乔利斯拒绝放弃这个要求）。过去只接受第一颗牙齿许愿的牙仙现在给每一颗牙一次许愿的机会。但是，人们还是一再许愿。梅里亚姆给这样的人起了个爱称——

“愿望瘾君子”。她的工作越来越繁重，整个人慢慢失去了光彩。

给了她最后重重一击的是威尔弗雷德。他一生中遇见了三个小矮妖、六个精灵和至少二十七个仙女；他向一百个喷泉里扔了一百个硬币，发现了十一片四叶草，对着无数颗星星许下了愿望，不管是不是流星。威尔弗雷德算是历史上最幸运的人了，拥有最令人羡慕的人生。但是，即便如此，他还是一再回到梅里亚姆和乔利斯这里，无比绝望，比任何陷入困境的旅行者都要迷茫和凄惨。

“什么？”梅里亚姆问，“你想要什么？”

“我不知道。”威尔弗雷德说，用空洞的眼神看着她。

梅里亚姆的光彩比以往都要暗淡。没有哪个旅行者许不出愿望（除了一些反对者拒绝许愿，不过最后他们都屈服了）。她无助地看着乔利斯，威尔弗雷德的绝望气息似乎能够传染。

“旅行者，直说吧，你的愿望是什么？”乔利斯对他说。

“我做不到。”威尔弗雷德说。他坐在地上，迷惑地看着自己的手掌。“我什么都有了，”他说，“但是我的心里有个洞，恐怕永远都无法填满。”

乔利斯沉默了，突然间他明白事情是怎么回事了：旅行者不知道如何填上空洞。乔利斯不比他们好多少。梅里亚姆错了。从她脸上的表情可以看出，她自己也意识到了。

“那不是个洞。”她颤巍巍地轻声低语，身上的光芒几乎要熄灭了，乔利斯害怕她这么消沉下去会永远困在地球上。

“没错，”乔利斯大声对威尔弗雷德说，确保梅里亚姆听到了他的话，“那可不是什么洞，是一块空间。”梅里亚姆感激地看着乔利斯。

“那不是一样的吗？”威尔弗雷德说。

“完全不同的概念！”乔利斯厉声说道。梅里亚姆硬是挤出一个微笑。“而且，那个空间不在你的心脏里，”乔利斯继续说，“而是紧挨在心脏的旁边，要我说那是个十分精巧的设计。你的心脏是完美的，什么问题都没有。顺便说一下，你的脾脏状况非常好。”

“但是我感觉……”

“我明白，我明白。”乔利斯说，他十分沮丧地扶着梅里亚姆，这些繁重的工作让她变得越来越虚弱。他拉着她离开了，离地球越来越远，直到弧形的轮廓慢慢出现，地球重新回归到星光熠熠的黑暗中，变成一颗遥远的、闪烁的球体。威尔弗雷德现在只有一个点那么大，但是乔利斯依然能够看到他。

“我们实在很抱歉，”乔利斯大声喊，“请你尽最大的努力吧。”

艾略特
（1993）

11月的一天，纽约下着小雨，有些潮湿，一层薄雾萦绕在清冷的空气中，暮色逐渐加深。曼哈顿下东区，一栋旧楼坐落在东河边，整座楼只有大门边的一扇窗户亮着灯，其他都是灰暗的空白。我站在大楼与河流之间，面对着灯光，但是能够听得到身后暗流涌动。我二十二岁了。此刻，我正在想那个医生。

他哄骗了我，这毋庸置疑。他说了几句好听的话，让我觉得自己的世界很重要，值得信任，当我放松警惕吐露心声之后，又换了一套说辞：真相有明确的界限，而我站在了错误的一边。行吧，我猜这正是妈妈付钱给他的原因。被人背叛的滋味不好受，但更让人难受的是我轻易就相信了他。他直接坦荡地询问我内心深处的秘密，就像是看穿了我的想法。谁会随便问你想不想消失？这是看心理医生的常规问题吗？还是他知道什么我不知道的事？难道他真的可以看到我内心真实的想法？他看到了值得警惕的东西。我不得不认真思考他的诊断。

除此之外，当时我只是一个想象力异常丰富的十岁小孩，相信一个怪物救了在大西洋里溺水的妈妈，而这个被救的妈妈带着我去看心理医生，发现我有自杀倾向之后，我的第一个反应是压抑所有的事，用无数的否认一层一层盖住，置之不理，任凭时间冲刷。只不过多年之后它还在那里。

这些年，其他事也被埋葬了，我没再踏进过森林里一步，石圈被遗忘了。我放弃问妈妈要回永恒之境的书，我猜测书已经丢了，慢慢地，我甚至开始怀疑它是否存在过。艾瑟尔也搬走了，不知道为什么这件事让我很意外。她看上去在叔叔家过得还算不错，我以为她很享受夏夜在后门的走廊观察萤火虫，以及，跟我谈话。她也没有道别，我猜是妈妈不准的。我不想忘了艾瑟尔，于是试图画下她的脸，但是一点也不像。其实，就算我照着艾瑟尔画也画不出来，她的样子早就消失在记忆里了。我把画纸揉成一团扔了，心想这样最好。

当人生艰难的部分过去了之后，你要么高飞，要么漫无目的地随波逐流，随便怎么比喻。我在混日子。初中糊里糊涂过了，高中差不多，不过也不是风平浪静什么事也没发生。如果你想，生活中总是有什么事可做。上课，做作业，还有运动。我的棒球运动生涯夭折之后，转向了网球，加入了校队。我交了一些朋友，也有女朋友，至少可以说有过一个女朋友。

我二年级的时候认识了瑞秋，她比我高一级，所以叫我小艾略特。当时我不但外形看上去显得比同龄人小，想法也很幼稚，我不懂她说想要带坏我是什么意思，直到有一次参加聚会，她在衣橱间褪掉我的裤子，让我进入她身体之后才明白。她的身体不停撞击我的，尖细的声音逐渐变成越来越大的呻吟。我一直担心有人会听见，或者进来刚好撞见我们，突然我觉得下体好像爆开，大脑液化成一片空白。一切发生得太快了，我有点不知所措，不过，这感觉棒极了。我瞬间爱上了她。

我没想到自己会爱上一个非常乐意把胸部放在男朋友脸上的

女孩，但是瑞秋就是这样的人，她充满自信、风趣幽默而且非常性感。那个学年我满脑子只想着一件事，就是单独和她待在一起，就算她不挑明我们之间是男女朋友关系我也不介意。当她毕业的时候，我向她保证我们暑假还可以待在一起，开学之后我会去大学看她、按时写信。

她哈哈大笑。

甚至拍拍我的头。爱情和情爱方面我总是比她慢一拍，所以我没有立刻反应过来，她其实是说不管我们之前是什么关系，今后我们要分开了。

“小艾略特，”她说，“还有其他的男孩需要被带坏。”

雾渐渐变浓、下沉，好像要把曼哈顿沉进海里。大厦里孤独的灯光似乎在闪烁，我害怕里面一旦有任何动静它会瞬间熄灭。人群来回走动，椅子围成一个圆圈摆好，一张张陌生的面孔小心翼翼地相互问候。大部分人都闷闷不乐，但不是所有人。有个人甚至在大笑，不是礼貌的嬉笑，而是开怀大笑。我很好奇，因为这是一个自杀干预互助小组。

瑞秋离开的时候没有笑声，没有大喊大叫，也没有任何争执。我默默地回到了混日子的状态。最终，高中也过去了，我不知不觉就进入了大学，生活陷入了喝酒和熬夜的循环中，网球队的训练也变得漫不经心。我稍稍考虑了文学之后，决定主修经济，主要因为这是爸爸的愿望，还有，我对将来创业、经营咨询业务还抱有一丝希望。

因此，我努力学习，保持良好的成绩。无数个夜晚我都泡在图书馆，把自己埋在成堆的书籍当中，艾米就是在书山之间的小桌子前找到我的。

“你放弃了诗歌。”

我抬起头，眨眨眼。当我看清是谁之后，又眨眨眼，不太确信自己看到的。我从来都是远远地欣赏艾米，但是从来没有跟她说过话。她非常漂亮，她有让人语塞的美丽，能够一瞬间抓住别人的注意力。比如我，我什么话也说不出来，像是被呛到了一样。

“你没事吧？”她摸着我的肩膀问。

我点点头，假装咳嗽一声清清喉咙。意识到自己还没有回答她，但是一时情急想不出来该说什么，于是无脑地重复：“我放弃了诗歌。”

她笑了。“那可是我先说的，”她玩笑道，但是看得出是真诚在问我，“你去哪儿了？”

“我转到了经23。”经济学简称。

“你为什么要转专业？”艾米问我。

“我爸说将来容易找工作。”这只是一部分原因。分享自己的梦想要小心，我的经验之谈。

艾米点头。“有道理，”她说，“我可不是要妨碍你和你的未来，”她玩笑中带着真诚的关心，“不过要记得格雷福斯说过，如果诗歌无法赚钱，那么钱也买不来诗歌。”

如果你第一眼只看到艾米的外表，没有人会因此责怪你。但是慢慢了解她之后，你就会发现，她真诚善良，很有智慧——当然了，是别人的智慧，但大部分智慧不都是学来的——是一个从外表到内心都很出色的人。

我立刻爱上了她。

我们形影不离，沉迷于塞满了彼此间零碎空隙的东西。艾米为我写诗歌，我为她翻录混音专辑，在我的寝室准备烛光晚餐。我们用做爱代替吃饭，在床上一躺就是几十个小时，好奇为什么没有了食欲。她寒假回家的时候我每天都写信。她回来的那晚，我站在雪地里朝她的窗户扔小石子，完全不在乎外面冰天雪地的低温。当她的笑容出现在窗户前，只是一次喘息的时间整扇窗户都因为热气变白了。我等着她下楼开门，抬头望着天上的星星，觉得自己是它们当中的一员。

我甚至带艾米回家见了我父母。我不确定为什么，也许我想这是早晚的事吧。我想跟父母分享我和艾米之间的感情，即便这只是一次客套的拜访。爱让人变得慷慨大方。迪恩意外出现，我也不介意。他大学毕业后去了纽约，是一家会计事务所的销售总监。迪恩和艾米之间几乎没有什么共同点，但他们相处得还算融洽。可是只剩下我和迪恩两个人的时候，他就现出了原形。

“她很性感，”迪恩说，“你们睡过了吗？”

我一拳打在迪恩腹部，他疼得蜷缩在地上。他倒是没惹更多的事，在艾米和我父母出现之前，默默起身整理好自己。我和迪恩从来没有打过架，这一拳对谁来说都很意外，这件事我们也再没提起过。我猜爱情会让人变得更有保护欲。

其实爱情让所有事都变得更多了。更强壮、勇敢。从自我的牢笼中解脱，成为彼此的人质——你为了她，她为了你。你觉得自己无所畏惧，一身轻松，准备好应对外面的一切。世界仿佛变大了，你不仅多了一个观察视角，而且开始注意到过去视而不见的细节：她弹吉他时灵动的手指，坚定有力的心跳（甚至当她在身边入睡之后仍然可以感觉到）。宇宙不再是画布上模糊的一堆色块，而是点画派的杰作，揭示出清晰完整的事实，让存在变得可能，变得有意义。而这一切仅仅是因为另一个人和你一起经历着你所经历的一切，感受你所感受的一切。

直到她决定抽身离开。

“艾略特，跟你在一起非常美好。”我们站在艾米的寝室门外，她在等出租车接她去机场。学期末了，我们马上就可以离开校园去过暑假，艾米则要永远地离开我了。

“那为什么结束？”我问她。

“我们马上就要大四了，”她说，“进入社会前还有一年，我想好好享受剩下的最后一年。”

“我们难道没有享受生活吗？”

“你懂我的意思。”她说，可是我不懂。还有什么能够比我们之间拥有的更加真实？我这一生中已经很久没有活得这么真实了。

艾米拉着我的袖子说：“还有，我也不确定你是不是真的爱我。”

她是认真的吗？“你在说什么？”

“不是说你没有爱过我，”她解释，“但是我认为你真正想要的是感受到活着，你对我的爱只是活着的比喻。”

胸口传来灼烧的疼痛。首先，艾米认为我的感情是一种活着的比喻，其次这种感情已经是过去式了，我太过震惊，没有继续争辩，我也不会为爱情辩护，爱不需要解释。可是我知道什么呢？也许艾米是对的。不管怎么样，我除了放手也没有什么可做的。我可不是要妨碍她和她的未来。

出租车来了。我们拥抱、亲吻，然后又拥抱了一下，告别。她走之后，虽然我无法证明宇宙有了明显的变化，但是对我来说，周围的一切分解成了模糊的色块，色块之间的空隙越来越大。

一滴。又一滴。雨越下越急，砸在水泥地面上发出肃穆的声音，曼哈顿渐渐褪去了水雾面具，露出了跳动的心脏。妈妈给我买的外衣湿透了，缩水后衣服变紧了，本来衣服就不大，她还没有完全习惯我已经是超过一米八的成年人，不再比同龄人矮小了。当你二十多岁的时候，就没有比同龄人发育慢这回事了。

窗内的人群纷纷落座，但是我宁愿在外面淋雨也不想加入他们。我原地挪了几下，把身体的重量换到右腿。虽然已经过去了很多年，但是曾经摔断的地方还是会疼。我告诉自己是下雨的缘故，但其实是心理原因。与此同时，我身后的河水涨潮了。

我出国了。这不是我的本意，只是我不想回学校了，主要是不想在校园里碰见艾米。开学前我开车去学校咨询办理转学，见到一位身材娇小、年长的负责人，她的眉毛上挑，好像时刻质疑着什么。当我问她怎么转学的时候，她镇静地放下手中的钢笔，双手交叠支着下巴看着我。

“为什么要转学？”她问。

“我只是不想待在这里。”

她笑容友善地摇摇头，好像不止一次听过这样的话。

“你学了什么外语？”她问。

“西班牙语。”虽然我不知道这有什么关系，但是我需要给她一个答案。

“你不需要转学，”她说，“去西班牙吧。”

就这样，我大学的最后一年去了巴塞罗那。学校负责人认为出国能够治愈心碎，她是对的。当然不是马上见效。虽然寄宿家庭和同学都很亲切友好，但我还是常常迷失在歌德区迷宫一样的街道里，脑子里想的全都是艾米。不过终于，我偶遇了这次旅行的意义。

高低不平的鹅卵石地面上有一张小桌子，三个年轻的外国人正围着桌子热切地辩论着什么。我从外表和穿着判断他们是外国人，不过后来才确认了。金发碧眼的德国人赫伯塔靠在桌子旁，她的西班牙语水平跟我差不多，一边说话一边用手不停地比划。韩国男生钟夏咧着嘴笑，对着她翻了个白眼摇摇头。智利男生文森特会说流利的西班牙语，外表看上去跟本地人没什么区别，他斜躺着，双脚搭在旁边的椅子上。他看见我之后，收起双腿站了起来。

“有个学者来了，”他说，“问他。”

赫伯塔看了我一眼，问文森特：“他去过斯洛伐克吗？”

“我不知道，”文森特回答，一脸期待地看着我，“你去过斯洛伐克吗？”

“没去过。”我回答。

“克罗地亚呢？”赫伯塔又问，“罗马尼亚？保加利亚？”我摇头。赫伯塔夸张地挥了一下手，告诉其他人：“他没有资格做独立裁判。”

“胡说，”钟夏说，“他肯定知道什么事，问问他。”

虽然他们的讨论听上去似乎很严肃，但我从他们的表情和漫不经心地放在桌子上的空酒杯判断这只是个游戏。在这个平静、温暖的夜晚，在这个城市的其他角落，酒吧嘈杂的声音马上就要响起了，但三位闹中取静的辩手似乎没有结束对战的意思。

“你们要问什么？”

“好吧，”赫伯塔夸张地叹了口气，她的嘴唇咧开一抹微笑，

"吸血鬼做爱吗？"

我不知道，我们也一直没有达成共识，但是谈话一直进行到了第二天日出，桌子上又多了几个空酒瓶。当我坐在最后一个空位子上的时候，这个小小的聚会有了圆满的感觉。其他人跟我一样，来西班牙学习一年。他们几周前才刚刚认识，但我们好像是认识了几十年的老友一样。时间一天天过去。我开始逃课，不眠不休地跑到兰布拉大道加入他们，其实已经不是我加入他们或者他们加入我，因为"我"很快就变成了"我们"。

我们大部分时间都泡在巴塞罗那的咖啡馆里谈天说地，开怀大笑，偶尔还会去其他的城市探险。有时候我们想进行室外活动，就偷偷溜进奥林匹克运动场，在巨大的赛道上比赛。赫伯塔最喜欢的项目是螃蟹走十米之后选择：1.干杯，2.说一个秘密，3.脱一件衣服。

每到一个地方我们都会探讨自己的人生哲学：存在主义的合理性，有没有不同大小的无极限，吃了哪道凉菜放的屁最臭，等等。我们事无巨细，都怀着极大的热情认真思考。我们观察、舞蹈、大笑和歌唱，文森特说我们像惠特曼一样，用自己的肉身作诗。"四角诗人"是我们的队名，不过我们谁都没写过诗，世界也没有四个角落。但不管怎么说，我们是四个来自远方的陌生人。

我们一直故意忽略这个事实，但是大家早晚都得离开巴塞罗那。学年结束了，房东略显忧伤地嘱咐我要保持联系。不知道为什么，我们都觉得离开不可思议。

"为什么？"我们问，"我们为什么不留下呢？"

这个提议引起大家的共鸣。"难道我们不快乐吗？"我们说，"这对我们来说不就是家吗？我们会找到工作，租一间公寓，移民到西班牙，一起住在这里。这不就行了吗？我们为什么不留下？”

短暂的沉默之后，有人说是因为钱，有人说签证、机票还有家人的期待。可是这些原因不是明确答复，也不是绝对理由，不能解释为什么生活必须是这个样子。即便如此不舍，我们还是没有留下。大家整理好行装，各自登上飞机，向现实屈服，回到了来时的角落。再见了，再见了，再见了。

我们再次变成了我。

空气中没有一丝风。雨滴重重击打着纽约，像是拳头一样砸在身上，身上的灰色薄外套仿佛被雨水剥离，自己赤裸地暴露在雨中，我不想进去面对一圈陌生人，反而觉得身后的河水更亲切和安全。

一颗心破碎前能够承受多少次打击？失去艾米是第一击，失去诗人朋友是第二击，失业、搬去跟父母住也算……棒球也早就放弃了。我不知道人一生中能承受多少下，也许是无限的，也许某个时候开始人们就不再尝试了。

我没有跟家人提起过心脏的疼痛，而是让他们把注意力放在我找不到工作养活自己这件事上，大家都认为这是我“忧郁”（妈妈的原话是“消沉”）的原因。大学最后一年出国对于找工作来说不是最好的选择，但事实是对我来说没有什么差别。经济不景气，前途渺茫，有没有文凭都差不多。我考虑过开始自己的咨询业务，但是家人们不是很支持。爸爸说我现在什么都不知道，迪恩在他的会计事务所帮我找了一份入门级的工作，妈妈给我买了一套面试穿的西装。

工作日，我告诉妈妈去面试，然后穿着正装坐地铁去纽约，但其实我只是在中央公园散步，一直到晚上坐火车回家。这天下午，我坐在椅子上，盯着《爱丽丝梦游仙境》的雕像看，心想自己宁愿变成爱丽丝身边的一朵黄铜蘑菇，突然，我注意到了“疯帽子”的帽子侧面贴着一张传单，那是一张自杀干预小组的邀请函，也就是现在亮着灯的窗户里正在举行的集会。

我想自己可能无法接受。身后河水低沉的呼唤变得越来越诱人。如果我转身面向河流，窗户里的人会永远从我面前消失。我还是转身了。

这时，一辆黄色出租车突然出现在路边，车轮擦过湿透的沥青地面发出刺耳的摩擦声。车缓缓停下，车头灯的光束扫过我的膝盖，后门猛地弹开，一个年轻女人一步跨进了雨中，用一个大大的笔记本遮住头。她关上车门，冲向大楼，咔嗒咔嗒的脚步声越来越近，她走过我身边时突然停住，从她的临时雨具下面打量着我。

“你的雨伞怎么了？”她问。

我低头看见手里攥着一把合着的雨伞，我忘了自己带着伞。

她似乎被我的反应逗笑了，黑色的眼睛闪着光，表情有些困惑。她放下笔记本，雨水很快浸湿了她的灰色外套，黑色的短发贴着头皮。这一刻，她站在雨中，淋着雨微笑着，然后望向亮着灯的窗口。

“对了，”她说，“我们进去吧。”

之后

你死之后，发现自己身处一个不是房间的空间里，躺在一张同样不算是桌子的物体上面。你对面的两个人是梅里亚姆和乔利斯，他们每人拿着一个牛皮纸文件夹，问你是否准备好进行退出的采访。

“这不是强制性的。”梅里亚姆向你保证。

“没错，”乔利斯说，“完全由你决定。不过，如果你愿意配合采访，我们会非常感激的。”

梅里亚姆点头。“你告诉我们的所有事都会得到保密。”

“除非，”乔利斯接着说，“你同意让我们跟管理层分享这些信息。”

“管理层？”你问。

“你懂的，”梅里亚姆说，心照不宣地耸了耸肩膀，“就是老板。”

你觉得自己知道——或者说应该知道——老板是谁，所以你什么也没说。虽然你感到害怕，但是希望自己能够帮助梅里亚姆和乔利斯。所以你同意了。

“太好了！”梅里亚姆说。

她和乔利斯打开牛皮纸文件夹拿出了问题清单。梅里亚姆开始认真地念清单上的第一个问题：“你现在感到舒服吗？需要任何东西吗？”刚念完，她皱着眉头看了看文件夹，似乎自己也感到吃惊。你同情她的困惑。这是个奇怪的问题，因为你不知道自己还能需要什么，所以礼貌地拒绝了。

“当然，”梅里亚姆说，紧接着念下一个问题，“天气不错，你觉得呢？”

梅里亚姆不安地看了乔利斯一眼。你想自己的表情应该跟她的差不多。“天气？”你问道，“你指的是什么？哪里的天气？什么时候的天气？”

“哦，我的意思是地球上的天气，”梅里亚姆结巴地说，“我想说你最后的——当然了你也不可能——”

“我们就跟你直说了吧，”乔利斯告诉你，“我们不常做退出访谈，对程序也不是很熟悉，想必你也看出来了，这些问题我们也没见过。”

“对不起。”梅里亚姆也跟着道歉，她看上去很痛心。作为第一个因为退出被访问人，你感到很荣幸，让她不要担心。她笑了。

“那就太好了，”乔利斯说，“我们继续吧，下一个问题……你为什么当初接受该公司的职位。”

“该公司指的是？”

“他们的意思是人类公司，”梅里亚姆说，“旅途。”

“啊，是的，嗯，理由——”你的声音颤抖，“我接受这个职位是因为——”你再次陷入沉思。理由？有理由吗？肯定有，你不会随便就接受，但是，等等。

“对不起，”你说，“我根本不记得接受职位这件事。”

梅里亚姆惊讶地站了起来。“真的吗？”她说，“这不对劲啊。”

“是的，”乔利斯想了想对梅里亚姆说，“但是你想，他们不可能记得，在拍卖，混沌的状态下——”

“没错，”梅里亚姆说，看了一眼文件夹，“他们不可能记得，现在还不行，这问题本身就很愚蠢。”

“我们继续，”乔利斯看着问卷说，“有没有人清晰地向你描述过你的职位需要？”

你思考了一下。当然有很多目标和目的。每个人似乎都有，大家都坚定地迈向自己的目标，督促你跟上他们的步伐。但是，如果说你真的听到过什么节奏，那跟其他人的都不一样。

“没有，”你说，“恐怕我不是很清楚。”

乔利斯同情地点头：“完全明白，这很常见，真的。”他在问卷上做了笔记，接着问下一个问题：“你觉得自己接受的训练能够保证你取得成功吗？”

“实话说，”你回答，“我不记得受过任何训练，完全是赶鸭子上架。”

“是混沌状态。”梅里亚姆提醒乔利斯。

“对，”乔利斯说，“这一题也跳过，下一道……你是否及时有效地了解过组织的政策？”

“你的意思是，规则之类的东西？”

“我想是的。”

“严格来说，是的。”事实是，规则各式各样，不胜其烦。每个场合都有适用的规定、命令、法令、公理、法规、法典、教规、条例和格言。有时候，你感觉做任何事都只有一种对的方法和一百种错误的方法。不仅如此，还有物理法则、道德约束、伦理责任、宗教戒律、家庭义务、哲学律令、美学规定、社会常识和政治必要。没错，人类每天都在颁布各种规则。真正的难题不是及时了解这些规则，而是知道哪些必须遵守，哪些没有必要。尤其是，有的规定完全相互矛盾。

“我认为规定很多，但是指导不够，你明白我的意思吗？”

梅里亚姆和乔利斯会意对望。“我们了解，”乔利斯说，“你和经理人的关系怎么样？”

“经理人？”你问，“我应该没有经理人。”

“也许他们的意思是人生导师？”梅里亚姆说。

“那也没有。我应该有吗？”

梅里亚姆看着乔利斯，他迅速低下头看起了手里的文件。

“下一个问题，”他说，“你将来有什么计划？”

“我的天，”梅里亚姆不耐烦地说，“这也太可笑了，不用回答这个问题。”她告诉你。你松了一口气，因为你也不可能知道。

“那我们就选‘不适用’。”乔利斯说，继续清单上的问题，“你还愿意接受公司的其他职位吗？你愿意向朋友推荐公司吗？”

“停。”梅里亚姆心烦意乱地打断了乔利斯，“鉴于你的实际情况，这个问题也不用回答，这份清单简直是个笑话。”她合上文件夹，稳定了一下情绪，温和地对你说：“如果你不介意的话，我们真正想知道的是，你为什么选择离开？”

你知道这是一个非常合理的问题，也是你最害怕被问到的。你拼命想要给出一个答案。也许梅里亚姆和乔利斯看到你生命的每一刻就能明白你的选择？但是，不，即使他们知道了也无法解释。

“请诚实地告诉我们。”梅里亚姆说。

“没错，”乔利斯说，“无论你的理由是什么，都请告诉我们，停车位不够？医疗保险不够……或许是因为其他旅行者，太多混球了？”

“不，”你说，“不是这些原因，听着，我不是不知感恩的人，世界真的是个很美的地方。我只是……感到伤心。”

乔利斯和梅里亚姆皱着眉头感到困惑不解。“好的，”梅里亚姆说，“那么……”

“就是这个原因，”你不知道还能怎么表达，“我不幸福。”

“我不明白，”乔利斯说，“幸福对你来说这么重要吗？如果不幸福你就选择退出？那么，奇迹、敬畏、感恩还有亲密，或者牺牲——”

“但那是一切的重点，”你说，“不是吗？感到幸福。”

“谁告诉你的？”梅里亚姆说，她的困惑变成了哀伤。

你感到不安。你隐隐感到在繁杂的目标、目的和规则当中藏着真正重要的事，而你错过了。

“基本上所有人都这样说，”你说，“为什么这么问？”

“我们不想让你感到难过，”乔利斯说，“我们不会随便发表评论。”

梅里亚姆点点头。“只是感到有点惊讶，你选择离开的原因是不幸福，”她说，“毕竟还有很多其他的事情可以做。”

艾略特

（1993）

房间的墙面没有装饰，地板铺着瓷砖，我想象这是为了混音专门设计的，但现在只有来回走动的脚步声和雷声。一面墙边放着一摞靠背金属椅子，似乎随时待命，被摆成一排或者一个圈。嵌入式射灯的闪亮光束没有音乐在下面配合。也许音乐人不需要乐谱，也许歌曲都在他们心中。

我们十二个人围坐一圈，身高、年龄、肤色和体格都不一样。这不是我想象中的演奏团，也许我们可以用乐谱打破这种沉默。虽然没有乐器，但是我们的困惑、忧伤和恐惧，以及缓解僵硬的仪式都像是在演奏。一个男孩捏响了自己的关节，一个瘦弱的女人用手绢擦眼镜，黑眼睛的女孩用手梳理被雨淋湿的头发。

主持人是最后一个到的，他身材瘦高，一头红发，长满雀斑的脸上总是挂着大大的笑容。

“嗨！大家好！”他进门的时候大声说，“哇哦，这里真亮。”顺手拨弄了墙上的开关，房间顿时陷入了令人不安的昏暗之中。他迅速拉过一张椅子加入了我们的圆圈，坐下之后环顾一周。

“新面孔，”他热情地说，“你们——三位——我没有见过，欢迎加入小组。”

“小组”这个词让我感到有些难堪，也许是他表达方式的问题，好像医生通知我们感染了性病一样——“拥抱你们的衣原体吧！”但其他人似乎并不在乎。

“我是加雷斯，”他接着说，“原则上我是组长，但是我们习惯保持轻松、民主的氛围，今晚我想先邀请新人介绍一下自己的情况。你们从哪里来、为什么来，任何愿意分享的事都可以说。”

我盯着地板，希望自己能够隐身。我不确定真的想加入他们，并且绝对不想第一个当着一群陌生人掏心掏肺。在一阵短暂但意味深长的停顿之后，终于有了一位志愿者。他的声音饱满、低沉，刚才断断续续的大笑的声源应该就是他。

“晚上好，”他彬彬有礼地说，“我叫班诺尔，首先我想告诉大家的是，我去过未来。”

我抬起头，看见一个中年黑人男子，高耸的眉毛和深深的抬头纹让他的表情显得迷茫。他的八字胡和脸颊的胡须是黑色的，下巴一圈的胡子和头发是白色的，头发剪得很短，可以看得见头皮。他穿着呢子西装和背心，酒红色的领带搭配鞋子。腿上放着一顶棕色的礼帽，上面绑着深棕色的绸带。帽檐的折痕似乎会随着时间加深。

班诺尔身穿正装，举止文雅，仿佛是上个世纪的文物，怎么看也不像未来的使者。没人质疑，从大家脸上的表情可以看出我没听错。

“你感觉看到了自己的未来？”格雷斯说，“有时候是这样的，当我们失去希望，感受不到可能性，以为只有一条向前的路。”

班诺尔点头。“你说得没错，”他说，“但是我说的是我穿越到了未来。不是身体，那就太可笑了，是我的大脑，我的意识。”

紧接着又是一阵漫长的沉默。我想大家跟我一样在打量班诺尔，思考他这种疯狂究竟有没有危险。可是，班诺尔不仅有礼貌，还很镇定和清醒，很难不喜欢他。

“酷！”扳骨节的男孩说，“你穿越去了哪一年？”

“第一次是2162年。”

“你去过不止一次？”

“到目前为止已经有十一次了。”

“未来是什么样的？”男孩问。

班诺尔耸耸肩膀说：“未来眼花缭乱，什么都有。”

男孩张着嘴，但是什么也问不出来。房间里一时间变得非常安静，只有雨滴拍打窗户的声音。小组成员听了班诺尔的故事，有些不知所措。加雷斯一脸迷惑，小组领导的沉着冷静开始动摇。我猜自杀干预小组指导手册里不包括时间旅行的案例。

“那你为什么来这里？”黑眼睛的女孩问。

班诺尔轻笑一声，低沉的声音在房间里回荡。“直击要害，问对的问题，”他说，“事情是，在某一次旅行中，我得知自己未来会自杀。”

加雷斯迫切地点点头，话题再次回到自杀，他显然找回了自己的指导位置。我以为他会拍着手说“我就知道”，但他只是同情地看着班诺尔。

“你想谈谈吗？”他问。

班诺尔眉头的皱纹紧了一下，又松开。“不，”他说，突然停下了自己的故事，“谢谢你。”

“没关系。”加雷斯并没有追问下去，似乎已经习惯了这样的沉默。他看了一周，寻找新的目标。“谁想下一个发言？”

在他注意到我之前，那位年长的女士举起了手，她的眼镜擦得锃亮，架在鼻梁上。厚镜片和宽大的圆镜框使她的眼睛显得异常大，像猫头鹰一样。她身形娇小，脖子上围的彩色围巾像羽毛一样搭在肩上，看上去更像一只鸟。

“我是珀尔，”她说，“我没去过未来，我恐怕是被困在了过去。”她试图微笑。“我过去的生活是美好的，虽然说不上是完美，但是我想念以前的生活。我丈夫六月份去世了，我们已经结婚四十九年了，谁能想象那么长久的婚姻？我就能。”她的眼神从对面的人转移到夜色的窗户和外面的大雨中。“现在，这个世界对我来说太不真实了，没有他的世界……”

她没有说完下半句，收回眼神，放在腿上的双手不安地揪了揪手绢。加雷斯点点头，但是没有试图去打破沉默，好像知道她还有话要说。

“我有一个梦，”珀尔说，“不是梦想，是我晚上睡觉时做过一个梦。现在常常梦到，我在河边散步，遇见了自己人生中不同的时刻，有的闪着光挂在树上，有的散落在草丛中。数不清的记忆，有结婚的重要时刻，也有无聊的小事，比如我们在第一间公寓里听着广播跳舞时地板总是咯吱乱响。我一边走一边捡起这些记忆装进外衣口袋里。河水涨潮了，我被水包围。那些记忆突然变成了石头，沉甸甸地装在口袋里……”

她的眼神突然从远处的窗户转移回来，看着我们眨眨眼，好像忘记了我们也在这里。她摘下眼镜，拿起手绢开始擦镜片。“天，我总是喋喋不休，”她说，“对不起，请其他人继续。”

“不着急，”加雷斯说，“你想继续吗？”

“哦，不，不，”珀尔说，“天哪不要。”

加雷斯友善地笑了笑，最后笑着望向我，其他人跟随他的目光也都看向了我的方向。

我做了自我介绍。大家的反应跟我想象中的不一样，没有一起回答：“你好，艾略特！”几个人点头，班诺尔眯着眼睛看着我。我犹豫了一下，突然觉得自己像个骗子。我为什么在这里？我怎么能够说服别人我有理由出现在这里？我没有疯，我不是班诺尔。我也不是珀尔，失去了一生的挚爱。我没有生病，没有挨饿，也（还）没有身无分文。我的生活正常，不是吗？但我不知道怎么解释胸口的疼痛，为什么总是莫名其妙流眼泪？为什么我周末开车去运动商品店盯着橱窗里的猎枪看？

“我想我没有什么理由……”

“这跟理由没有关系。”黑眼睛的女孩说。

我想反驳，但是感觉自己没有立场。我清清喉咙，拖延时间。大学的时候我上过演讲课。期末的时候，每个人要当着全班同学演讲五分钟，任何主题都可以。我选的主题是雪崩。我也不知道为什么，我从来没有见过雪崩，只是对这个现象着迷。前一刻雪山还纹丝不动，突然间，所有的雪以每小时两百公里的速度倾泻下来，像是帝国大厦倒塌一样。我渴望能够见证雪堆奔腾着冲向自己，但这是致命的，因此人们为了防止大型雪崩，通常会用炸药炸雪，引发小型雪崩疏散积雪。

“我想一切是因为怪物而起的。”我说。

我从大学的演讲课学到了三件事。第一，发音清晰；第二，跟观众对话，而不是冲着他们说；第三，适时停顿也很重要。恰如其分的沉默可以强调你说话的重点，让听众有时间思考，同时为你争取时间整理思绪。

但是我没有遵守任何一条建议。也许是小组的沉默使我紧张，或者是最初的坦白触发了我倾诉的欲望。无论是什么原因，我的嘴不停地动，不愿意停下来。我上气不接下气不停地说，像是雪崩一样，不是小的那种。我告诉大家所有的事：怪物，妈妈溺水，投球，揍迪恩，永恒之境，巨人，本该是堡垒的储藏室，艾瑟尔，无烟煤，双胞胎，从树杈上跳下来摔断了腿（因为我希望树桩是通往永恒之境的大门），瑞秋和艾米，从不作诗的四角诗人（也不是来自一个四角的世界，因为地球是圆的，地球不停转动，带走你身边的人）。

我的长篇大论渐渐变得含糊不清，脑海中一个声音告诉我停下来。这个声音越来越大，我终于停了下来。我的嘴不动了，头脑清醒了。我听见了屋外的雨声，看见一圈人的脸。

加雷斯等着我喘了一口气，确定我说完了。"谢谢你，艾略特，"他说，"谢谢你们，珀尔，班诺尔。"他身体前倾，双手搭在膝盖上。"精彩的介绍！我们稍后继续。现在我只想指出今晚的精彩谈话有一个共同之处，那就是屈服。我想提醒大家，我们都有选择。班诺尔，你可以选择不要穿越到未来，而是待在现在。珀尔，你不要把过去的记忆变成拉你下水的石头，而是变成垫脚石。"

"哦，"珀尔说，"可我不想踩在自己的记忆上。"

"那你可以试着把它们变成其他东西，"加雷斯说，"比如说鸟。"

"或者泡泡。"班诺尔说。

珀尔拧着手绢说："可是泡泡太脆弱了。"

黑眼睛的女孩举起手。"那艾略特呢？"她说，"他能选择什么？"

加雷斯看着我笑了，脸上的雀斑挤在一起。"艾略特可以选择不再继续去追寻一个与他无关的世界的怪想。他可以选择不要从其他地方或其他人那里寻求庇佑，而是自己去争取。这里的每个人都可以选择紧紧揪住幸福的睾丸，狠狠捏下去。”

笑声在屋里回荡，女孩再次举起手。“你确定幸福喜欢这样吗？我知道很多男人可不喜欢。”

会议结束后，我留下来帮加雷斯收起了椅子。我们没有交谈，他刚才的活力似乎用完了。我好奇他是做什么工作的，为什么他愿意在闲暇的时候听班诺尔和我这样的人讲故事。也许他也失去了什么人，或者他自己曾经也迷失过。打扫完之后，我对他表示感谢。他鼓励我继续参加小组会。

雨停了，黑眼睛的女孩在屋外等着我。

“你是艾略特，”她说着向我伸出一只手，“我是萨莎。”

“很高兴认识你。”

“真的吗？”她说，“来，我想让你看一样东西。”

我们沿河向南走，路过了一排旧的高楼大厦。萨莎步伐轻快但并不着急，裙摆唰唰地在腿上来回摆动。虽然她跟我差不多岁数，但是穿着正装的样子要比我自在得多。她的高跟鞋踩在路面上咔嗒咔嗒响，终于我们来到了一栋临水而建的公寓门前。我们头顶上方的逃生梯一直通往大楼正面。萨莎眼睛盯着梯子最后一阶，脱下鞋子，和被淋湿的笔记本一起扔在路边。她把裙子撩到膝盖上面。“把手握起来。”她说。

我双手交握，像梯子一样抬起。虽然萨莎个子很高，但是也很瘦，我可以轻易举起她抓到消防梯最底层，爬上第一个平台。然后她拉下一根杠杆，消防梯降到了人行道。

“别忘了拿上我的东西。”她说。

我们爬了十层楼梯，萨莎停了下来，坐在潮湿的金属平台上，背靠着一扇黑漆漆的窗户。我坐在她身边，心想这套衣服需要干洗，不知道要花多少钱。东河像一条黑色的护城河横亘在我们和灯火通明的长岛之间。左边曼哈顿大桥和右边布鲁克林大桥上的灯光照在河面上，水中模糊不清的倒影是缩短的大楼和灯塔，沉默地沿着河流进入大海。

“快看，”萨莎说，“我想让你看那里。”

“那是什么？游船吗？”

“你看到是游船吗？”她说，“真没想到，我总是想象它们是载满了鬼魂幽灵的船，驶向没有归途的远方。就像你说的永恒之境一样。”我以为她在取笑我，但是转身看到她真诚地对着我笑。“你相信永恒之境吗？”她说。我没有回答，她看着河面换了一个简单的问题。“你在哪里长大？”

“康涅狄格州。”

“那里夏天的时候有蟋蟀吗？”

“特别多。”

“南达科他州也有很多，”她说，“我习惯开着窗户睡觉，晚上可以听见蟋蟀的叫声。夏天很美。人们似乎也更加快乐，不知道为什么我觉得跟蟋蟀有关系。它们的叫声让人感到平静，你明白那种声音吗？冬天就很糟糕。爸爸找不到工作就会很生气，妈妈也不高兴，之后他们就会大吵大闹。家里也冷得要命，因为没有钱开暖气。他们只有在最冷的时候才打开，我房间里的散热片会发出嗡嗡的声音，听上去跟蟋蟀的叫声一样。那些夜晚，我选择不去听爸爸妈妈冲着彼此尖叫，而是听散热片的声音。对我来说，那声音是蟋蟀的叫声，时间是夏天，一切都安好。”

远处传来城市的白噪音，河面上流光溢彩的幽灵船消失在布鲁克林大桥下方。夜晚平静安详，这里仿佛是大船的瞭望塔，我们正坐着船离开大陆驶向未知的大海。

“你相信永恒之境吗？”我问。

萨莎睁大眼睛看着我，然后爆发出一阵大笑，声音像电流一样顺着逃生梯传导。“不相信，”她说完叹了口气，微笑着温柔地说，“但你可以相信。”

我没有被她的调笑冒犯，但是也不代表我同意或者接受她的让步。“不，”我说，“我不想再逃避了，加雷斯说得对，我需要抓住幸福。”

“抓住幸福的睾丸吗？”

“或者角就可以了，幸福有角吗？”

“所有跟幸福或身体部位有关的问题还是去请教加雷斯，”萨莎说，“不过，我个人认为他也没有答案。”

她双手抱着大腿，头靠在膝盖上，缩成一团。“不过小组会让我感觉不那么糟糕，而且我还能招惹加雷斯。”她突然放开双腿，拿起笔记本和鞋子站了起来。

“你说你是投球手？”

“打过一阵子，”我说，“那是很久以前的事了。”

“你能从这里把球扔进河里吗？”

我看着下面，目测距离。沿河的罗斯福路像一条血管，在皮肤下面若隐若现，出租车等猩红色的灯光像血液一样川流不息。直到此刻我才注意到这些。距离不算远，但是我需要走几步加速，而逃生通道又急又窄。“从这儿不行，”我说，“我需要蓄力的地方。"

"好吧。"萨莎打开窗户，溜了进去。我还没来得及问她这算是回家，还是入室抢劫。几分钟之后我的问题有了答案，她再次出现时换了干净的牛仔裤、卫衣和球鞋，衣服非常合身，不可能不是她的。看来正装终究不是很舒服。她继续顺着逃生梯向上爬，停下来回头看了我一眼。"你来吗？"

我们爬到了屋顶，沥青地面皲裂，一圈防护栏的高度只能起到装饰性作用。曼哈顿璀璨的锯齿天际线向北边延伸，萨莎背对着城市的繁华，面朝河水眺望。她从牛仔裤里掏出一张手掌大小的塑料方块，是电脑磁盘。

"该你表演了。"她说着把磁盘递给我。磁盘的塑料硬壳上没有标记。

"你为什么不自己试试？"

她拿出一只烟盒，动作熟练地从里面取出一支叼在嘴里，用火柴点燃。"我不是很喜欢体育运动。"

"磁盘里有什么东西？"

她得意地冲我一笑。我猜是重要的文件，而且是唯一样本。销毁磁盘有很多简单和有效的方法，扔进东河的戏剧性做法使我更加好奇萨莎的用意。

"你要处理掉自己所有的东西吗？"我问她。

"今晚不是。"

"常常吗？"

"我们时常都会扔东西。"

"感觉你在准备着什么。"

"比如说准备自杀吗？"她吸了一口香烟，火星闪了一下。"身后事是个问题，”她说，“尤其是尸体，我不想麻烦别人。我设想自己置身于大西洋的一只小船上，靠着船沿坐，朝自己的头开一枪，掉进海里。问题是我既没有船，也没有枪。所以，不，我什么也没准备，你呢？”

虽然我在小组会上把心里秘密都说了出来，但萨莎的坦白还是超出我的预料，尤其是细节。此时我脑海中一闪而过的念头是一把猎枪。“也没有，”我说，“我要抓住幸福的睾丸，记得吗？”

“记得，具体是什么呢？”

“我也不确定，”我回答，“一份工作，最起码的。金钱，健康，爱。就那些。”

“加雷斯听到肯定会非常高兴，”她抽完最后一口，把烟头弹出了防护栏，“你到底扔不扔？”

布鲁克林的灯光似乎并不遥远，河水近在眼前。如果我能助跑几步，自己跳进河里也不是不可能。我想起了棒球，在墙壁上用粉笔画的好球带，雪地投球区的窄长草皮。我用食指和拇指捏着磁盘，蓄力扔出去。磁盘像一去不返的回旋镖消失在夜色中。

在未来

班诺尔说未来每个人都有一个自杀按钮。

硅谷一发布这项技术，立即遭到了激烈的批判和谴责，人们说这是大规模杀伤性武器，是拿着锤子找钉子。风险投资人并没有把大规模杀伤性武器的批判当回事，甚至非常欢迎它的免费曝光效果和营销效应，但是非常在意第二项指控，因为那是在质疑这项发明的作用，这触犯了他们的底线。于是，他们发起了铺天盖地的宣传攻势，解释按钮的重要性和必要性，尤其是它解决了一个令人发指的问题——现在的自杀方式太过原始。风险投资人说几千年来自杀的方式总是野蛮、痛苦、不可靠，有时候身后事非常难打理，几乎没有什么创新和进步。

先不说浮夸的宣传，原始的发明只不过是电流和现成生物识别技术的结合。每个按钮都与主人的指纹和心脑电生理匹配，个性化定制完成之后，只要长按按钮，就会根据你事先设定好的时间开始“倒计时”。如果倒计时结束时你还没松手，按钮会释放精确计算好的电伏，刚好让你在心脏停止跳动前失去知觉。

风险投资人的营销动作催发了起名热潮。杀戮开关。灭灯按钮。最后一按。显然没有小组测试能证实哪个名字更加贴切，班诺尔也不知道最终的命名是什么，总之大家都称之为“按钮”。投机商人肯定很失望，但他们的营销努力没有白费。在按钮普及之前，人们都在想办法弄一个。

几乎所有的政府都认为没有想清楚这件事之前，绝对禁止普及按钮，只有一个国家例外，就是已经将自杀合法化了几个世纪的瑞士。瑞士这次依然率先运行试验项目。投资商在瑞士改变想法之前迅速推出了第一批商品，销量非常乐观。按钮价格合理，小巧便捷，大部分超市、药店和酒水商店都在销售，而且设计智能，包装精美，使得原本骇人的技术显得十分无害，甚至非常受欢迎，常常出现在人们的床头，跟电子私人助手话筒放在一起。

这是个灾难。一个冬天之后试验项目被紧急终止，官方没有透露具体数字，不过根据非官方的统计，死亡率奇高。原来，负面情感对人类来说是家常便饭，有时候这种感觉过于强烈，人类会选择按下按钮，即便他们内心深处其实并没有准备好迎接死亡。班诺尔不明白为什么人类没有事先想到这点，抑郁不代表就想死，至少不是真正想死。

潘多拉的魔盒已经打开了，禁止这项技术是不可能的。政府只能仓促地利用法律法规约束人类，确认每个有意使用按钮的人都是认真的，因为如果你一时被情绪左右，下一秒钟又想活着，这个选择是无法逆转的。

风险投资人徒劳地反抗着管制。世界各地都出现了补充条约，比如，俄勒冈州的按钮必须按三次才能生效，每次至少间隔十五天，整个过程持续六个月；卢森堡的按钮只按一次，但是必须有见证人在旁边同时按下另一个按钮才行；加利福尼亚州只有授权机构能够出售按钮，每个购买的人必须提前三十天提交书面申请。条规变得越来越复杂，于是有的人类放弃了按钮，回归了原始的方法。

最终拯救按钮（和投资商的利益）的是新的技术突破。一支由精神学家、心理学家和工程师组成的国际研究团队经过多年的探索，发明了一台能够探测人类心底最深处真实欲望的仪器，再多的安全法规也做不到这一点。科学家早就推测人类的欲望其实会背叛真实的自己，新发明终于可以证实这个猜测了。

改良后的按钮再次面市了，使用时不但需要倒计时，还要说服按钮你是真的想要按下去。经过修订的使用说明建议使用者大声说出自己的愿望（但不是必须的），按钮会搜索你的意识和潜意识寻找你真正的意图。如果它最终判定你有意识和无意识的欲望是真实的，按钮才会释放电流结束你的生命。否则，什么也不会发生。

法律法规被撤销了，按钮数量激增，瑞士的灾难并没有重现。虽然购买者不停按按钮，但是大多数情况下自杀的请求都被否决了，反而出现了意想不到的惊喜的副作用——人们感觉好多了。研究者认为，人们按按钮说并出自己的愿望，意味着必须有意识地准备好自杀。简单来说，做准备的过程就是放下生命中担忧、怨恨、后悔和其他狗屁情感。不仅如此，还要放弃让人类感到自由、快乐和生机勃勃的希望、愿望和精神上的需求（风险投资人抓住机会为自己脸上贴金："我们早就知道会产生这样的效果。"）。

最终，"治愈"按钮风靡未来。有的人甚至按月或者每个平安夜定期购买按钮。还有的人使用按钮上瘾，每天都按，但这样有很大的风险，因为说不定什么时候这个按钮就起作用了。班诺尔说，尽管有了按钮，未来自杀事件并没有增多。有意思的是，按钮让自杀变得非常容易，人类反而没那么想死了。世界各地的自杀率猛降。

但没有完全消失。

艾略特
(1996)

今天是艾略特·尚斯的好日子。

早晨七点，闹钟发出低音提琴般的嗡嗡声，仿佛交响乐开场了。闹钟的按钮上镶着珠子，就算在黑暗中也能看到。春天的早晨，我公寓的水银散热器没有什么用，屋里冷冰冰的，但是想着起床能喝一杯热咖啡——咖啡的味道和咖啡因的恩赐——我立即掀开了被子。在我剃胡须、洗澡的同时，工业咖啡机嗡嗡工作着，为我准备好了一杯十六盎司（我习惯用一百八十毫克）热乎乎的咖啡。

穿衣服的间隙——内裤、袜子（一口）、衬衫、裤子（一口）、领带、西装（一口）——几口就可以喝完。我已经竭力简化了这个过程，只有三件西装、两双黑色的鞋和十一条领带循环搭配。现在是四月初，外面的天气又冷又湿，所以我在外面又加了一件爸爸淘汰给我的大衣。当你住在曼哈顿，窗户对着砖墙，外面天气怎么样只有到了外面才知道。

早晨七点四十分。我走上街道加入了西行的西装上班族，我们在莱克星顿大道向南转汇入更多的人流，到了86街的时候仿佛置身一条蓝灰色的大河，稳稳前行，没有一丝波动，接着从地铁入口倾泻到地下，拨动旋转栅栏，灌满等待的车厢。

随处可见的黄色出租车是纽约最具标志性的特点之一，但是真正的纽约人更喜欢坐地铁，尤其是从上东区坐4、5或6号线到曼哈顿中城区。我把这三条地铁线统称为绿线，我钱包里始终夹着一张信用卡大小的塑料地铁地图，上面是这样画的。当然了，我不会公开这样说，因为迪恩好心地指出只有桥梁和隧道的人才这样说。他还好心地告诉我“桥梁和隧道”指的是住在曼哈顿外面需要通勤上班或者周末进城造成交通堵塞的人。

地铁门关上，明亮的车厢在黑暗的隧道中高速通过，车上的乘客仿佛是一起执行秘密任务的间谍，心照不宣，默默无语。我曾经试图与其他人对视和微笑，但对方无一不躲开我的目光（就像训练有素的间谍一样）。我很快就放弃尝试，迪恩再次慷慨地警告我这样会被揍。不管怎么说，跟通勤的人对视其实不是很容易。大多数人埋头看报纸，有的人若有所思盯着前方，无疑已经开始了一天的工作。纽约人工作非常努力。迪恩常说：“纽约人能办成事。”

早晨八点十分。电梯里比往常要热闹，也许是因为都是熟悉的面孔，也可能是大家早上喝的咖啡正在发挥作用，空气中有一种集体的能量，同事的谈话中充满了对新一天共同的期待。

“——昨晚在酒吧，”丹尼斯说，“我这辈子都没喝得那么醉过。”丹尼斯是个十足的酒鬼，他的人生目标就是亲自见证纽约是真正的不夜城，我不知道他是怎么做到的。

“随便吧，”海蒂微笑着说，不完全是调情，但是差不多了，她喜欢逗丹尼斯，“你昨晚是喝舒服了，但你还是孤单一个人，不算猫的话。”

“我真的有猫，”丹尼斯说，“你不信来我家自己看看。”

海蒂又笑了。“你想得美。”没错，她就是喜欢逗丹尼斯。

“年轻人就是幼稚。”电梯角落的杰夫感慨万千。虽然他比我们只大几岁，但是已经结婚，有了两个孩子，在他的办公桌上骄傲地展示着孩子们的手指画。他摇了摇头，仿佛发现了酒吧和酒瓶里不可能找到的幸福。“你们有了家庭才能明白幸福的真理。”他说完后大家都大笑起来。

早晨八点十五分，我走进公司。我和马特共用一间没有窗户的办公室，他桌子上挂着一张波拉波拉岛的海报，我们想象自己跟传说中的白沙滩和碧蓝色大海只隔着一堵墙。门后有挂衣钩，我脱下西装外套挂在马特衣服的旁边。他总是比我先到，低着头专心致志。我不想打扰他，于是简单打了个招呼。

“嘿，马特。”

“嘿。”马特总是沉默寡言，长时间专注于自己手头的工作，显得很神秘。他躲在办公桌高高的文件堆后面，我通常只能看见他的头顶，和波拉波拉岛的海报。

我们安静的共享空间和整个办公室形成了鲜明对比。这么说吧，我们是一家会计公司，现在是四月份纳税季节。到现在为止，其他会计已经忙了好几个月，为客户（一般是中小企业）准备年终财务报表和报税。我和马特是审计，负责审查其他同事准备好的财务报表是否准确无误地表现客户的生意。对有些客户来说，这是一年一度的仪式；其他则是因为有特殊需求，比如要向银行贷款。我和马特的客户通常是后者，因此我们的工作不被四月支配。

我的桌子跟马特的一样，放满了文件盒，地上甚至也是。一半文件是客户的——财务报表、信用卡收据和投诉信件。另一半牛皮纸文件夹里是空白的，那是我用来整理、分类和对付其他混乱文件的工具。当我完成工作的时候，高级审计会分析文件、检查表格、推测结论。

通过检查生意的框架，可以了解很多内幕。比如卖什么，挣多少，花多少钱请什么人，花多少钱开除什么人，甚至管理者晚餐吃什么，去哪里度假都能知道。我除了做审计工作，还暗中进行研究，为自己将来开咨询公司、成为一名值得信赖的顾问做准备。我甚至主动给爸爸的鞋店提供审计服务，想要借此间接提高生意洞察力，虽然我向爸爸保证审计结果不会公开，但他还是拒绝了，这样也许最好。

中午十二点三十分。午休四十五分钟，从必胜客买一份潘饼（Pan Pizza）回办公桌吃完只需要十分钟，然后我会倒一杯冰可乐，在剩下的时间里慢慢享受。饮料慢慢在体内升腾出糖分，我庄严地从办公桌最底下的抽屉里拿出一本翻旧的笔记本，认真记录“研究”结论、推测和自认为将来对客户有用的想法，我称这个本子为 “Vade Mecum”（拉丁语“手册”的意思），也就是我的“商业手册”，它的重大意义只有这个词能够准确描述。

我翻看着自己紧凑的字迹，找到了一页空白页面，记录刚刚沉思的成果。

写完之后，我把“商业手册”放回原处，利用最后的二十分钟解开萨莎最新的谜语。萨莎是一家广告公司的文案写手，她写的广告里都带着一个谜语，一方面是无聊，还有一个原因，我觉得是减轻罪恶感。她讨厌物质主义，谜语往往是对广告物品的斥责。一则糖果广告表面上赞美巧克力、焦糖和其他甜食的美味，但如果你仔细阅读每句话的第三个字母，表达的意思就是“多吃西兰花”。如果广告比较短，那么可能只有“蛀牙”一个词。

就我所知，知道她谜语的人只有我一个。她总是在广告发表前提醒我去买报纸。今天是《纽约时报》，我翻动着页面，指尖渐渐被油墨染黑，终于翻到了一则占了半个页面的香烟广告，画面中一个性感的女人被神秘的烟雾包围着露出明媚的笑容。广告语不少，意味着谜语也比较难。但我很快找到了关键词，“第二个”和“单词”同时出现在第一行。我把每句话的第二个单词挑出来组句，意思不通。于是改变策略，把单词倒着放回原来的句子里，用每个单词的第一个字母组词，成功了。这次的谜语素材比往常要难，虽然谜底还是很偏激，但不是很有新意。不过我已经很满意了，如果随便什么人都能解开萨莎的谜语，她会被炒鱿鱼的。

下午三点。迪恩例行巡视。

“下午好，女士们！”迪恩靠着门柱，咧着嘴笑，他不常待在办公室里，见到我似乎很高兴。他大部分时间出差到处飞，拓展生意。迪恩既不是会计，也不是审计，他是客户经理，负责吸引新客户，让他们高兴满意。迪恩总是穿名牌西装，精心打理自己的金发，内心还是像一只金毛犬那样永远活泼开朗，喜欢讨好人。虽然他失败的次数比成功的多，但是成果非常不错，正因为如此才能帮我搞到这份工作。我很庆幸他没有因此而对我指手画脚，不过当我为他的客户工作时也会格外关注。

迪恩的巡视通常很简洁，几句问候，临走前说一句恶搞的格言，我敢肯定是他专门为了这个场合编的。“书呆子，记住，”他会说，“数小鸡的方法不止一种。”或者是：“记住我的话，书呆子，多数情况下，你可以骗大部分人。”有时候他的话非常接近原文，他也以为自己说对了，其实从来都没有。

马特没抬头，他早就不再迎合迪恩的表演了。只有我向后靠着椅背，一如既往准备看好戏。我拿起茶水间的大号马克杯，上面装饰着一句话"Just do it"，这是第二杯咖啡了，我嘬了一口抬头示意迪恩自己已经准备好了。但这次他没有立刻抛出最新的金句，而是走进办公室往我的桌子上扔了一只信封。

"这是什么？"我问。

"奖金，小弟！"他露出大大的笑容，显然已经打开了自己那份。虽然我的奖金跟他没什么关系，但迪恩喜欢做送信封的人，把这当成一种增进集体成就感和荣誉感的象征性友好表示，迪恩跟我们的工作完全不一样，他挣取的是佣金，奖金也比我和马特的要多。

无论怎么样，我的报酬很不错，因此对他心存感激。我每月合理分配支出：百分之四十用于曼哈顿高昂的房租水电，百分之十五用于食物，百分之五用于添置衣物和娱乐，百分之十五杂费，剩下百分之二十存起来。为了能够尽快自己创业，我需要尽快积累资本，依照我现在存钱的比例，最多五六年就可以了。

迪恩从不按照理财推荐的开销比例花钱，也许是因为他挣得比我多，根本不需要；也许只是因为他是迪恩，考虑未来不是他会做的事。他微笑着向我举手示意，倒退走出了办公室。

"记住我的话，书呆子，"他说，"如果人生给你柠檬，做一杯柠檬汁琴费士鸡尾酒。"

下午六点十五分。我提早离开办公室和班诺尔一起散步。

班诺尔差不多每个月都会给我电话留言，在曼哈顿找个地方约个时间见面。他的选择似乎很随意，但是对我来说从来都不麻烦，我们在双子塔之间穿梭，在哈莱姆河上打水漂，在布鲁克林大桥上散步，在包厘街漫步，在洛克菲洛中心滑冰。

我在自杀干预小组认识班诺尔前，他就开始了城市漫游。我问他为什么邀请我加入，他只说因为有“先见之明”，我好奇的是如果他没去过未来，还会邀请我吗？他耸耸肩，不置可否。虽然他能时空旅行，但是并不清楚原理是什么。但不管怎样，他是对的。我不再去小组会了，但常常跟班诺尔见面散步。

今天我们在华盛顿广场花园背面一处安静的小巷见面，街对面是并排的低矮住房，跟曼哈顿的高楼建筑群形成鲜明的对比。不通车的小路铺着鹅卵石，喜欢疾行的纽约人往往避开此处，因此放眼望去只有我和班诺尔两个人。进入小巷入口，仿佛置身于另一个时空。

“这是什么地方？”我问。

“华盛顿缪斯。”他人很聪明，说话也言简意赅，说得最多的就是未来。由于我们之间主要（很可能也是唯一）的交集是自杀干预小组，因此他的话题总是围绕未来的自杀方式，乍一听很病态，但仔细想想其实还好。其实就连这种单方面的交谈都很少见，大部分时候我们只是沉默地走路。

班诺尔依旧穿着我第一次在小组会见到他时穿的那套毛呢西装和背心，几次之后我发现他每次都穿着同一套衣服。他解释说这是“只在特殊场合穿的衣服”，但是当我问还有什么别的特殊场合时，他却不肯告诉我。

我配合他悠闲的步伐放慢速度，闲暇之余望着两侧优雅的房屋，这片前身是马厩的住宅区早已改头换面，跻身曼哈顿租金最高的房屋之列。散步的节奏渐入佳境，突然面前出现了一个出口，我们已经走到路尽头，门外是忙碌、吵闹的曼哈顿。

“这条街真美。”我说，“只是有点儿短。”

他顺着大门的铁栅栏望出去。“是的，美好且短暂。”

我有些不知所措，虽然跟班诺尔的城市探索不总是长途跋涉，但这次的路程也太夸张了。大门与入口处一样对行人开放，无论是出门向北走去第五大道，或者绕点路去西村，总之我们都得离开复古、魔幻的缪斯地区。

班诺尔轻松地解决了这个问题，他脚跟转了一百八十度，朝着我们来时的方向走去。第二趟同样愉快，以至于到了入口处之后我们再次折回来。我一点儿也不介意，甚至很喜欢班诺尔泰然自若的处事。虽然他完全是个疯子，但他是我见过最冷静的人。

“没有什么事能刺激到你，”我说，“你不会激动和焦虑。”

“我不知道。”

“你就是这样，”我坚持道，“你是怎么办到的？”我不是真的想问他，只是走了四个来回，感到有点无聊。

“也许是因为当你看见过自己的死亡就不再焦虑了。”

他的回答和话中的意义都出人意料，让我很不好受。班诺尔很少提及自杀或者预知自杀的事。“你不可能百分百确定吧？”我问，“事情还是有转机的，这不正是你参加自杀干预小组的原因吗？阻止一切发生？”

他摇摇头。“不是阻止，只是试着理解。”

“没错，但除此之外你能做得更多。”

班诺尔看着地上的鹅卵石，绅士帽的前檐向下滑。他步伐缓慢、稳定。“我听说溺水的人会惊慌失措，”他说，“当然了，是肺部全是水之后。”班诺尔伸展手臂在身后轻轻握住双手说：“失去可能就是那种感觉。”

“你失去了什么，班诺尔？”

又是一阵沉默，我以为除了皮鞋踩在鹅卵石上的声音之外再也听不到他发出任何声音了，但是我又错了。

“在未来，”他说，“人们可以与死者对话。”

晚上七点十五分。我去了健身房。几个月之前我开始认真健身，因为我开始跟珍妮弗约会了，她是我的女朋友，虽然从来没有挑剔过我的身材，但最近她总是问我吃没吃饭，似乎不仅仅是担心健康，当然了，主要是健康问题。

我身高一米八，体重七十二公斤，虽然不是骨瘦如柴，但是六块腹肌还差几块，二头肌也很难说有什么看头。不过我要改变这一切。我现在每周去健身房六次，两天锻炼下身，两天上身，两天有氧锻炼（跑步机或者爬楼机）。我发誓要把自己的胸膛和大腿练宽至少五厘米，二头肌两厘米，增肌十二斤。

今天是星期二，意味着我要练上半身，我喝了一大杯加了肌酸的蛋白奶昔，剩下的都是次数与组数的循环。俯卧撑、仰卧起坐、仰卧推举、上斜推举、军事肩推、屈伸、滑轮划船、肩推举、弯举、哑铃飞举、卷腹、胸肌臂屈伸。我结合自由重量训练与器材，撕裂自己的胸肌、二头肌、后三角肌和腹肌。我相信不久之后我会有强壮的肌肉、有力的线条，以及水手的结实手臂、肌肉男的健壮体型。

最多只需要五六个月的时间。

晚上八点四十五分。我爬上萨莎家大楼的防火梯，她已经坐在窗沿边上了。

“癌症。”我像往常一样坐在她身边。

“你越来越厉害了，”她划了一根火柴点着烟，“我试着写个比以往都难的。”

“是很难啊，”我说，“而且有点虚伪。”

她冲着我吐了一口烟。“难道不是很有启发性吗？”

“意思是你要戒烟，还是要得癌症？”

她耸耸肩，没有回答，转过头看着河面，两座大桥在暮色中熠熠发光。“要是谜语被发现了，你会丢掉工作的，你不害怕吗？”

“除了现在的公司，没有人会看这些广告的。意图和目的在写出来那一瞬间就消失了。”

“跟扔进河里的磁盘一样。”

萨莎皱着眉头，一时感到困惑，接着想了起来。“没错，就是那样。”

“你从来都不肯告诉我磁盘里有什么。”和萨莎相处有时候跟班诺尔很像，我不期待能够得到什么回答。但今天显然不一样。

她慢慢地吸了一口烟。“一部小说。”她说。

“关于你的？”

“不，关于赫尔曼·麦尔维尔。”她的眼神黯淡，但是嘴角上扬。虽然我不知道萨莎矛盾的眼神和笑容是什么意思，但是我早就学会了忽视她的讽刺。

“太棒了，”我说，“是关于什么的？”

“谁知道呢？”

“你还在写吗？”

“除非你有潜水装备。”

我觉得自己身体里出现了一个大洞。“你肯定还有其他副本吧，”我说，“萨莎，别告诉我你写了一本小说然后扔到河里。”

“不是我扔的，”她坏笑着说，“是你扔的。”她似乎觉得这很好笑。“哦，艾略特，别大惊小怪的。我有代理，小说也发给了很多出版社，但是全都拒绝了我。”

“这只是第一次尝试，你会写得越来越好。”

“我被拒绝不是因为写得不好，”她说，“大家都喜欢我‘非常优秀’的文笔。拒绝的原因是内容太压抑了。出版商说这种书卖不出去，是赔钱货。他们告诉我，如果我能写出让读者快乐的书，他们会以纽约速度出版的。没错，他们真的说‘纽约速度’。”

“我就是这个意思！你写快乐的故事不就行了吗？”

“那我也可以织毛衣，”她说，“大家都想要毛衣。”说完吐出一口气，盯着一大团白烟消散。“或者是香烟，我还是继续卖香烟吧。”

“不是一回事。”这次我可不会让她轻易转移话题。如果我能抓住幸福的睾丸和犄角，那么萨莎也能。“如果你坚持写下去，继续表达自己，大家恰好也喜欢，那不是很好吗？这对你来说肯定也很有意义，否则你一开始就不会写小说了。”

“不会再有第二次的。”

“会的，”我坚持，“我敢说肯定是一部杰作，不但评论家喜欢，还会被翻译成很多种语言。你将来会成为名利双收的小说家。我要向班诺尔确认这个事实。”

她移开视线，没有理会我的戏谑。萨莎偶尔还会去自杀干预小组（不像我），见过班诺尔几次，通常她不会反感我拿这位疯狂的朋友开玩笑。她掐灭烟头，又点了一根。

“珀尔自杀了。”她说，声音里听不出情绪。

我感觉像是猛地被人掐住了喉咙，说服萨莎继续写小说的想法瞬间蒸发了。脑海里取而代之的是珀尔搓着手绢的画面，想起来她说把石头放进口袋里直到溺水的事。我不想问她是怎么死的。

“对不起，太可惜了。”

“是吗？”萨莎说，“这是珀尔自己的决定，别人有什么权利谴责她。来到这个世界不是我们自己的选择，我可没有从拍卖会上为这种生活竞价。如果珀尔想离开，那是她的决定。”

“我的意思是，她的生活似乎挺不错，以这样的方式结束很可惜。”

“我不觉得这有什么悲伤，”她说，“我们太迷恋结尾了。这个世界有那么多伟大的生命和美好的爱可以见证和体验，但是只要结局不尽如人意，我们立刻觉得这是悲剧。或者正好相反，只要结局有一刻的救赎，一生的不公和痛苦都可以忽略不计。只看结果其他都不重要吗？狗屁！”

“我不知道。只是开始和结束似乎更加重要。”

“为什么？”萨莎质问，“为什么要给某一刻更多的意义，就因为是最后一刻？”

“约定俗成？”

“太武断了，”她回答说，“而且太痛苦了，而这一切只是因为人们痴迷于一个举足轻重的结尾。那大家肯定会非常失望的——每个人都会死。”

我和萨莎坐得很近，肩膀轻蹭，我能感到她在微微颤抖，可今晚不是很冷。两座大桥之间的天空升起了星星。

“这是个美妙的结尾。”我说。

萨莎松开手，烟从她指间掉落，穿过层层消防梯，落在距离我们很远的地面上。她望着下落的香烟，最后叹了一口气，头靠在我的肩膀上。

“没错，”她说，“我们就这样决定。从现在起，无论发生什么事，此时此刻，是我们的结尾，是我们故事的最后一页。”她直起身子，向我伸出手。“同意吗？”

我握了握她的手。“同意。”

“很好，”她严肃地点点头说，“既然如此，艾略特，我很感激你出现在我的生命里，我很开心最终能和你走到这里。”她伸出胳膊拥抱我，脸颊贴着我的胸口。“我心里在乎你。”

“我也是，”我说，“我心里也在乎你。”

“再见了，艾略特。”她说，没有松手。

“再见，萨莎。”

晚上十一点零八分。我和珍妮弗做爱是一项大工程。她不但身材曼妙，还精确地知道如何调动，知道自己想要什么。珍妮弗是一家大律所的律师，工作了刚刚一年多，非常忙。所以当她终于能放下工作来找我的时候，不会浪费一点时间。首先她会来一杯我专门为这个场合准备的龙舌兰，原因有三个：一、她喜欢龙舌兰；二、烈酒的味道能够盖住她工作了一天之后嘴里苦涩的咖啡味；三、致敬我们的第一次见面。

没错，第一次见面是在酒吧。当时她喝得醉醺醺的，把一杯龙舌兰倒在了我的衬衫上，她仅存的律师理智控诉我的衬衫未经允许吸收了她的酒，侵害她的权益。我虽然不是律师但是这样的指控还是能反驳的，我说是她的酒非法入侵我的衬衫。她不情愿地认输，大喊一声“是损坏”，然后买了两杯龙舌兰，逼我喝下一杯。几次碰杯之后，她吻了我，告诉我她的床欢迎我。我立刻爱上了她。

我觉得性爱是一种即兴活动，但对于珍妮弗来说，是一支花样繁多、动作到位的编舞，而我错过了彩排。每次的组合都不同。今晚的开场在厨房，珍妮弗坐在水池边，我们的衣服整整齐齐地挂在橱柜上，像是圣诞树上的装饰。从水池开始，我们在公寓里转了一圈，每个新地点都需要不同的姿势，有的是我后来上网查了才知道叫什么，总的来说是如下顺序：水池边的铁血大厨，地板牛仔女郎，沙发女上位，最后是床上传教士。我说过了，是一项巨大的工程，有种逛游乐场的感觉。最后我们都大汗淋漓，上气不接下气。我连按遥控器的力气都没有了就沉沉睡去，一夜无梦。

这就是上升期的艾略特·尚斯的一天。

之前

你出生以前，在一个不算是房间的空间里，周围的墙面无限遥远，屋顶无穷高。就像梅里亚姆和乔利斯描述的一样，这是个无垠的竞技场，旅行者在这里为自己的生命接受训练。

因为，如果你努力地训练，开启生命的时候会拥有某些特质。人们常说的"与生俱来"的天赋，其实是你辛辛苦苦习得的。他们说："克里斯对数字很敏感。""英天生就是运动员。"不过有些特性其实只是身体发展比较好而已，比如说纯属锦上添花的口音（尼克拉懂音乐）。一般情况下，人们倾向于主动追求必不可少的特质。毕竟人生很艰难，有时候说是一场战斗也不为过，不去武装自己是愚蠢的。

每位旅行者的准备是不一样的。当你了解了自己的人生会遇到什么特定的挑战之后，相应地加强某方面的能力，以便日后更好应对。比如说，如果你要面对一生的孤独，那么就要训练自己的性格变得和蔼可亲（他很有人缘）。如果未来想要孩子，那么就要培养冷静的头脑（他是个圣人）。如果你被骗子和谎言包围，那么敏锐的判断力就非常重要（什么事都逃不过她的眼睛）。

有时候这种早期的历练不是很常见，人们追求的品德似乎有些不怀好意。如果你希望取得巨大成功（恭喜你，彼得！你升职了！），就这意味着内部的完美主义和外部无尽、无理的要求（彼得，这个周六你得加班……），之后还要锻炼无所事事，以取得一些平衡。如果你含着金汤匙出生，这辈子注定拥有巨大的财富，那必须学会奢侈地生活，否则会被贪婪吞噬。如果你内心脆弱，但是要饱含爱意地面对苦涩的人生之旅，你必须让自己变得超脱一些，脸皮厚一点。如果以上特质你都有了，那么你算是全副武装好了（但是警惕不要过度训练，否则在这些情况下你有可能变成一个贪婪、懒惰的混蛋）。

许多旅行者认为这些风险正好说明了合理特质组合的重要性。虽然有多少旅行者，就有多少种特质组合，但总有些公认必要的基本准则，可以说是基本常识。第一，如果你想培养幽默感，不能一开始就奔着录两个小时的脱口秀专场去，过大的失败对努力来说是致命的，你也许可以从写一首打油诗或者是吐槽家庭成员开始。

第二，和其他人一起训练。旅行者伙伴是鼓励和启发的源头，在你想要放弃的时候激励你坚持下去。他们会提供无价的反馈（你讲的岳母笑话不仅平庸还很低俗）。最后，他们还是角色扮演训练时的重要参与者。想测试自己的领导魅力？你的训练搭档有没有组成小团体专门孤立你？勇气呢？他们有没有不断从云朵后面跳出来吓得你魂飞魄散。以后你会感谢他们的。

第三，混合训练。不但可以帮助你取得最大的成果，还可以防止过度疲劳。换句话说，如果你在锻炼耐心，仅仅让搭档问你一千遍“练好了没”是不够的。他们必须在你最不方便的时候使用卫生间，尤其是你专门告知他们在你回来之前提前使用。同样地，你要求他们做什么事，说了六百次之后终于做了，但是完全不符合你的要求，于是你不得不自己重新做。

最后，定下清晰的目标，阶段性和终极目标都要有。你需要一个瞄准靶心和射中目标之后庆祝的理由。这也是所有核心规则发挥作用的时候。比如说，当你调查清楚未来在地球的人生，决定自己需要勇气、平和和幽默感的混合品质。为了培养这些品质，你招募了训练搭档，他们亲切地同意在你最没有准备的时候打你个出其不意。最终目标是你能够充满善意地对他们的企图一笑了之，但是你提醒自己这个过程要一步一步慢慢来，逐渐达到终极里程碑。所以，在你能够笑出来之前，最起码能够不动声色地面对任何意外。不过，刚开始的时候即便是这个目标也很难，所以你不得不告诉自己，至少别吓尿了（别怀疑，这基本是实现任何目标的第一步）。

当然了，在组合和次数、间歇和效果之间，你需要休息。暂停。拿毛巾擦擦汗。花点时间赞美和肯定训练搭档出色的角色扮演工作（老兄，你的同情心越来越强了）。给自己倒一杯琼浆花蜜或者任何让自己恢复力量的能量饮料。

与此同时，在训练房无限宽广的墙外，有一群旅行者选择不参加训练。有些人认为训练千篇一律、循规蹈矩，缺乏新意。其他人反对训练本身。他们翻白眼，摇摇头，大吃大喝，对节制和定量的重要性不屑一顾。他们鄙视你的努力，沉浸在某些未来会让人生非常痛苦的特质当中。

如果你在训练无私精神的同时正好注意到这些无病呻吟的人，你应该主动跟他们交流。

“为什么不加入我们呢？”你问。

“人生的骰子已经抛出去了，”他们会说，“人有各自的历程，你无法改变什么，一切已成定局。”

“是的，但是不想做好准备吗？”你问。

“你永远都无法准备好，”他们说，“唯一的训练方法只有活一次。”

“那是不理性的。”你不同意这种说法。

“是吗？人生也是不理性的。”

艾略特

(1999)

办公室里越来越热火朝天的气氛预示了一件事：互联网是我们的未来。一时间，每个人都在和他们的二表哥合计一份商业计划，写代码，成立一家德拉维拉公司。为什么在德拉维拉，我不知道，但是风险投资人似乎很喜欢这个想法。创业公司融资的速度比你说“新模式”的速度还要快。这里一百万，那里五百万。二十几岁的创业者不担心是否能够找到投资人，他们苦恼的是要从谁那里拿钱，并且非常不适应地发现，投资人的资产负债表并不欢迎他们的特立独行的精神，也就是说，这些新兴公司急需会计和审计。

于是他们找到了我们，具体点说是找到了迪恩。好吧，再具体点说是迪恩找到了他们。如果说以前迪恩是一只兴奋的金毛，现在的迪恩就是一只袋獾，是旋转的回教修士德尔维希，是一团推销员气旋。无论是贾维茨会展中心的国际商务会议还是布鲁克林的公寓酒会，只要邀请函中有“互联网”，迪恩肯定在场，一手端着苹果鸡尾酒，另一只手拿着最新的黑莓移动邮件设备指手画脚，仿佛在炫耀一根别人都没有的阴茎。老实说，大部分人的确没有，因为雇主只给个别员工配备这种设备。

迪恩穿着一双复古球鞋，一件针织衬衫，领子立起来。我和马特每天早上都兢兢业业穿西装、打领带。迪恩说："审计的穿着打扮要专业。"他总算说了点有智慧的话。迪恩在午餐、早午餐和咖啡间歇学会了许多新词，并且十分乐意分享，无论用得对不对。现在迪恩巡视办公室时会抛出"宽带""附加值""调配资源"和"即插即用"这些词，很有可能是在一句话里。很棒的概念，迪恩说。他太忙了，没兴趣理会约定俗成的语法规则。科技创业公司的顾客多到像落叶一样，他根本没办法把他们都装进自己的名牌牛仔裤兜里。

迪恩只是互联网热潮中的一员。科技股增长迅猛。纳斯达克综合指数以前所未有的增长率飙升，没有任何放缓的迹象。百分之八的年增长率已经过时了，根据公司内部的科技投资简报，如果两年之内增长率没有超过一倍，你还不如放把火把公司烧了。虽然我进场晚了，不过通过线上交易和内部投资，好歹把储蓄的钱转移到了未来——海底电缆、光纤通信开关和其他赛博空间基础设施，还有没那么火热但同样很保险的领域，比如线上宠物供应商店，现在还有时间开车去宠物店。

我和同事虔诚地盯着自己投资的股票，也就是看着曲线增长。随着每一次刷新，我们的本钱就多了一点儿，这不但上瘾还很令人陶醉，就好像每天都中小额彩票。更重要的是，我的新投资计划加快了自己创业的进展，不过我现在觉得给夫妻小店做咨询生意没有什么前途。我现在想做的是互联网高等教育。"给全世界的学生高效的互联网学习工具。"我甚至连名字都想好了——Socrates.com。我跟迪恩讨论过这个想法，他想要一起干。我们是完美的团队，我负责网站开发，他负责拓展生意、找到用户。我们现在要做的就是开发一个模型，我的互联网资金这时候就派上用场了。以现在的回报率，十二个月之内我和迪恩就可以开始自己的生意了。

在那之前，审计、审计。虽然互联网是来节约我们的时间的，但我似乎离网络越来越远。迪恩见客户的时候尽可能带着我。“血浓于我今早吐进水池里的痰。”他说。于是最近我每天早出晚归，午饭也变成了以最快速度把食物塞进嘴里的过程，办公桌依然是餐桌，午餐依然是比萨和可乐，但是已经没有了思考商业手册和解答萨莎的谜语的时间。我几乎没有认真思考她上一次出的谜语，以至于到现在还没猜出来。

认真想想，那已经是几个月之前的事了。奇怪的是她这次没有嘲讽我的失败，她可从来不会错过任何一次让我难堪的机会。但是我太忙了，已经想不起来上次见到她是什么时候。我惦记着联系她，于是电话留言，然后写了邮件。几天过去了也没有回音，这也很不寻常。虽然萨莎总是对科技大放阙词，但她并不是守旧的人。我问班诺尔有没有见过她，他说过去几个月萨莎没去参加小组会。我不想问他未来萨莎还会不会去。

我开始担心。一个周二的夜晚，我终于爬上了萨莎家大楼的消防梯。刚刚立秋，梯子摸上去很凉。当我爬到萨莎家的平台时，窗户漆黑，窗帘紧闭。我轻敲窗框的声音很快被沉默湮灭。虽然我告诉自己不要胡思乱想，但是不安的感觉越来越强烈。周二夜晚的幽会没有写进合约里，甚至连口头协议都不是，这是我和萨莎之间心照不宣的习惯，过去很长一段时间里我都非常期待，只是最近我常常缺席。

接下来的一周我又回去看了看空旷、了无生趣的平台。没有灯光，没有萨莎，甚至连一个烟头都没有，没有任何表明她来过的痕迹。

周六早晨我站在新公寓——我和珍妮弗的公寓——的窗前，我们在一起三年了，上个月决定开始同居。此外，我以为这样会有利于存钱，但结果我花得更多了。珍妮弗想要“升级”，意思是一台洗碗机和西村联排别墅的两卧公寓。对我来说，这意味着只要我把脸贴在卧室窗户上，从公寓外银杏树树冠的空隙之间望出去，就能看到一小片天空。

不过现在我不是在看天，而是借着玻璃上的影子调整领带。这是参加婚礼的标准装束。今天的主角是珍妮弗不太熟的女同事和一个珍妮弗从没见过的男人。无所谓，她从来不拒绝过任何邀请。珍妮弗勉强同意我穿上班时的正装参加婚礼，我只有三套西装，幸亏还有一套不那么“严肃”，因为最近有很多婚礼要参加。“拥抱你即将到来的三十岁吧！”说完之后珍妮弗进了卫生间，门后传来洗澡水沉闷的哗哗声。

现在我闭着眼睛就能打好领带，但我还是喜欢看着玻璃中的自己。九月的晨光从窗户斜射进来，玻璃上的倒影清晰但不实在，我出神地盯着看，突然几颗小石子砸在窗户上。我后退一步，差点喊出声，打开窗户看见萨莎站在下面。她手里握着一把石子，正准备再次发起攻击。我叫了她的名字。

“你不是不喜欢运动吗？投掷很准。”

萨莎看着石头似乎在思考要不要继续扔。“这不是运动，是战争。”

“我们处于对战中吗？”

她把剩下的石头扔在银杏树树根，双手插进卫衣口袋。“没有。”

“你上次的谜语我没解出来。”我说，“苏打水广告的。”

“我没有写谜语。”她说。我的自尊心稍稍得到一点安慰，但是立刻有了新的担忧。萨莎从来不会错过任何机会去抨击她做广告的商品。我感觉她在后退，至少从我能够看到的一切来说，她正在慢慢抹去自己在这个世界的痕迹。

“那我很高兴自己的记录没有被打败。”我没问她为什么不写谜语、不去参加小组会。“你去哪儿了？”

她叹了口气。“到处走了走。”但是她没有四处走走，我也没有。“你今天能不能不工作呢？”她说。

“今天是周六。”

“不是上班，是逃离人生。”她说。

身后洗澡水的声音变成了吹风机的轰鸣。比起参加婚礼，我更担心的是萨莎。我不知道逃离人生是什么样的，但是想象中有点黑暗，我不想萨莎一个人面对。我是应该跟珍妮弗说实话，但这样做就意味着我要解释为什么担心萨莎，也就是说要坦白我去过自杀干预小组的事。珍妮弗知道萨莎，但是不知道我们是怎么认识的；她也知道我小时候摔断过腿，但是不知道怎么摔的，这件事会让珍妮弗闹钟警铃大响，更别说她肯定会谴责自杀这种行为以及意志薄弱到考虑自杀的人。

于是，我装病了，更不可思议的是居然成功了。珍妮弗从卫生间出来时，我抱着肚子坐在沙发上，脸埋进靠垫里呻吟着。我说是流感。她摸摸我的额头，说不像。我又说是食物中毒。她问我吃了什么。我说牛奶和麦片。她没说什么，只是把剩下的牛奶倒进水池，并且问我需不需要她待在家里陪我。我告诉她我没事，她应该去参加婚礼，好好放松一下。她出门前给了我一个飞吻。

幸运的是，装病很快就过去了。我从沙发上坐起来，哀悼被倒掉的牛奶，但是不用参加婚礼一点也不遗憾。我知道珍妮弗一个人也会玩得很开心。我换上了牛仔裤和毛衣，不用打领带的感觉真好。不久之后，我就和萨莎在格林威治优雅的小路上散步。

萨莎穿着绿色的帆布鞋，鞋带有些磨损，虽然她懒洋洋、慢悠悠地走着，但是依然是向着某个终点靠近的感觉。

"我们要干什么？"我问。

"我想知道死后会发生什么？"

难以言说的恐惧浮上心头。"萨莎——"

"所以我们去问问专家。"

这个回答有些出乎意料。我迷惑不解，想到什么就立刻问她。"这些专家还活着吗？"

"希望如此，"萨莎说，"我已经约好了。"

她肯定是在开玩笑吧，正想着我们来到了一座小教堂的门口。教堂黑色的石墙和哥特式的拱顶仿佛收集了月光的阴影。"这是第一站。"萨莎说。现在我肯定她是在开玩笑，倒不是说我不相信教堂能给出答案，我只是没想到萨莎对宗教解释有兴趣。她的脸上没有往常标志性的轻蔑笑容，于是我抓住弯曲的门把手向外拉。

外面阳光耀眼，进去之后屋里反而显得更加黑暗，拱顶消失在黑暗中。我和萨莎从正中间的走廊朝着祭台走去，两边是成排的木质长凳。中堂沉闷的石墙上有彩绘玻璃高窗，斑驳的画面中依稀可以辨认出庄严的面孔和宗教故事场景。

祭台边门后面是一间更加枯燥无味的办公室。一位牧师绕过办公桌，热情地欢迎我们。牧师的脸刮得干干净净，看上去很年轻，如果不是他穿着黑长袍、戴着白色罗马领，说是我的同事也没问题。我们找凳子坐下，牧师慷慨地倒了两杯咖啡。萨莎支支吾吾一阵才说出她的疑问。

“天堂，”牧师回答，“当然，也有可能是地狱，或者炼狱，有些情况所属不是很清晰。”他微笑着继续说：“我们大部分都是属于后者。”

“有天使吗？”萨莎问。我看着萨莎认真、不带任何戏谑的表情，感到困惑，甚至可以说惊讶。萨莎不可能为了嘲笑别人的宗教信仰，特意在周六早晨预约这样一次会面。如果说她的好奇是真诚的，我很害怕她的动机是什么。

“有，”牧师说，“我相信有天使。”

“天堂是永恒的吗？”

“是的。”

“但炼狱不是？”

“不是，”牧师说，“炼狱是暂时的。”

“所以死后存在时间？”萨莎问，“时间计量是什么？跟地球一样吗？”

“实话说，”牧师说，“天堂的具体细节我们不是很清楚。”他放下咖啡，身体轻轻向前倾，虽然他的笑容已经不见了，但是声音还是很友善。“不过别担心，你有——你是——永恒的灵魂。当你在这里的旅程结束以后，灵魂会继续。你不会感到孤单。”他打开怀抱，示意屋子一周。“不止这些。”

一个小时之后，我和萨莎离开了教堂宁静的墙围，来到了一位神经学家眼花缭乱的办公室。他身材魁梧、面颊下垂，斜靠着坐在凳子上，桌面上放着几个人类头骨模型，和他的头刚好排成一列。他似乎很意外我们不是来咨询医学问题的。

“什么也没有，”他说，“到此为止。”

“听上去有点无聊。”萨莎说。

神经学家摘下金属框架的眼镜，放在实验室大褂胸前的口袋里。他胖胖的手指揉了揉自己的鼻梁。“是的，”他说，“如果你能在场体验的话。”

“你怎么知道我体验不了。”萨莎的语调平缓，我听不出来她的问题是挑衅还是请求。

“因为大脑的生理活动不是意识存在的证据。它本身就是意识。当你脑死亡、脑电波没有波动以后，你就没了。”

“去哪儿了？”

“哪儿都没去，就是没了。”

萨莎沉默了，可能在吸收这番虚无主义的解释。我试着帮她。“不可能就凭空没了，”我说，“难道这不是违反热力学或者什么物理法则吗？”

“有可能，”精神学家说，“前提是意识与大脑、化学元素和电流是不同的。大脑、化学元素和电流没有消失，只是……停止运作了，然后跟其他物质一样开始腐败。‘没了’的确不是个准确的描述方式。更确切的说法是我们‘停止’了。”

“停止什么？”萨莎问。

“存在。”他面无表情地看着我们，他冷静的结论没有商量和辩论的余地。“当下就是你的生命，”他说，“现在是你的故事，之后就是一张白纸。”

“你怎么能确定呢？”萨莎说。

精神学家小小叹了口气。“就跟现在我的椅子下面没有一只大象的理由一样，看看就知道了，”他说，“因为没有质疑的理由。”

随之而来的沉默像一张无形的大网罩住了我们，含糊不清地告别之后，我和萨莎离开了医院。嘈杂的地铁和布朗克斯繁华的街道似乎被按下了静音，我们一言不发地走到了萨莎的下一个目的地，幽暗、宽敞的佛教冥想中心。

冥想大殿几乎没有任何装饰，地板是金色的硬木，墙面漆成白色。房间另一边，一座木雕大佛坐在一张矮台上。房间中间摆着蓝色的坐垫，每个坐垫上都有一只蒲团。距离佛像最近的蒲团上一位穿着橘黄色长袍的僧人正盘腿坐着，他似乎正在冥想当中。但仔细看，他正盯着我和萨莎，然后招招手叫我们过去。

我们在门口脱了鞋，蹑手蹑脚走了过去。萨莎大大咧咧地坐在了地板上，我坐在她旁边，盘起了腿。我吸了吸鼻子，闻到淡淡的香味从佛像旁边传来。

“我想知道人死后会发生什么。”萨莎说。

僧人挑了一下眉毛，什么也没说。我想他是不是在禁言当中，甚至不知道这是不是佛教僧人会做的事。当他站起来，消失在房间后面的小门里时，我的担心并没有减轻。过了一会儿，他拿着一盒火柴和三根生日蛋糕蜡烛走了出来，像刚才一样坐下了。他给我和萨莎每人一根蜡烛，然后点燃了第三根，把火柴放在身后的地板上。

僧人亮晶晶的眼睛看着我们。他光滑的头顶和皮肤看不出年龄，显然不是小孩子，但也不是老年人，似乎停留在某个无龄的平台。他点头示意手里的火焰。

“那么，”他终于说，“蜡烛是我，火焰是我。明白吗？”

“明白。”萨莎说。

他身体微微前倾，拿着蜡烛慢慢靠近萨莎手上的蜡烛，火焰在灯芯之间跳动几次，然后他迅速吹熄了自己的蜡烛，剩下萨莎的蜡烛开始燃烧。

“现在，我死了，”他说着，先举起自己的蜡烛然后示意萨莎手里的蜡烛，“然后你出生了，这支蜡烛是你，火焰是你，火焰是我。”

“那我死了以后呢？”萨莎问。

僧人示意我手里的蜡烛，萨莎点燃了我的蜡烛，然后吹灭了自己的。

“很好，”僧人说，“现在呢？”

“艾略特出生了，”萨莎说，“蜡烛是艾略特，火焰是艾略特，但火焰也是我，火焰也是你。”

“就是这样。”僧人说。

“永远这样下去吗？”

他先点点头，然后微微倾斜。“直到涅槃。”

“涅槃时会怎么样？”

僧人的眼睛明亮，嘴角上扬露出一丝笑容，猛地吹灭了我的蜡烛。

我和萨莎重新回到街上已经是下午了。我们在沥青、水泥和商店橱窗间穿行，空气中是刹车声和学生的尖叫声。萨莎似乎心不在焉，慵懒的步伐变得漫无目的。

“就这样吗？”我说，“下面干什么？”

“就这样。”

“那些人就是所有的专家吗？”

“那些是我能够预约到的。”萨莎闷闷不乐，甚至有些丧气。不管怎么样，我觉得有必要让她高兴起来。

“我们好像是笑话里的人物，”我说，换上一副轻松的语调，“牧师、僧人和神经学家一起走进一间酒吧——”

“这是一个项目。”萨莎说。

我停下讲了一半的笑话，不知道她是什么意思。担忧还是占了上风。虽然萨莎喜欢谜语，但是我没办法继续奉陪了。“这个项目是结束你的生命吗？”

她飞快地看了我一眼，简洁回答：“不是。”

萨莎从来没有对我说过谎，我也没有理由现在开始怀疑她。我选择相信她。“很好，我可不想看到你从树上跳下来，摔断胫骨。”

萨莎笑了。“我相信自己身体的协调性，不会摔断腿的。”

“是吗？”我说，“我认为这要取决于树，如果树枝高得离谱，即使是运动健将，也不可能平稳着陆。”

萨莎终于笑了，我紧绷了几天（一周）的神经终于能够放松了。“我想看看那棵树。”她说。

“树？还是我从树上跳下来？”

“看看树就行了。”

回以前的家不是很麻烦，只是几年前父母搬家之后我再也没有回去过。我和萨莎搭乘地铁去中央车站换乘第一辆向北的列车，这辆车沿路会停几站，好在我们不着急。铁轨声往往让人昏昏欲睡，但今天我一路都看着窗外。纽约的高楼大厦渐渐变成了康涅狄格州郁郁葱葱的郊外，我思绪万千的大脑似乎也放松了，不再去想牧师和僧人，蜡烛和神经学家，甚至审计和存储利率也不想管了。窗外的建筑变成了黑白色块，把舞台让给五彩斑斓的秋叶，我都忘了秋天的颜色有多美。

我迷失在模糊不清的景色中。列车停靠，我的目光落在远处一栋比树冠要高的房顶上，我看到的不是按揭贷款的伪豪宅，而是座被火焰吞噬的隐秘城堡。房顶两根柱子不是烟囱而是塔楼。房屋周围徘徊旋转的阴影是一条舞动的火龙。

“你怎么了？”萨莎问，把我的思绪拉回到现实。

“没事，”我回答，“我在想我是个怪物。”

她眼神敏锐，我绞尽脑汁想要为自己辩解。我没经过思考就脱口而出，没想过这个回答有可能让她不适。但结果她并不介意。

“不错，”她说，“我还以为原来的你不见了。”她从座位上站起来。“我们到了。”

我小时候住过的街道基本没怎么变，不过院子周围都竖起了栅栏。我们翻过一排栅栏来到旧家的后院，又翻过一排进入艾瑟尔家的后院。我做好了被指控非法入侵的准备，万幸的是什么也没发生。我们走进森林深处，初秋第一层落叶踩在脚下沙沙作响。生锈的农产器械不见了，但是树桩和树还在。我给萨莎指出了那根命运的树枝。

“的确非常高。”她承认。

“还很直。”

她蹲下，手指划过树桩表面，岁月把坚硬平滑的表面打磨得松软坑洼。“这是你说的大门？”她真诚地问我，“通往另一个世界的入口？”

“我不敢说。但我的胫骨认为这绝对是一截树桩。”

“也许它曾经是一扇门，”萨莎说，“并且已经打开过了，你只是没有意识到而已。说不定我们已经在另外一个世界了。”

“如果是这样的话，这和第一扇门还真像。”

“是吗？”她随口答应，似乎不是认真地在问我。倾斜的阳光透过树冠照下来，树叶仿佛在燃烧，树荫下的矮树丛仿佛提前进入了黄昏。我被萨莎身后灌木丛中的黑暗空洞吸引。阴影中有什么动西在移动，不是松鼠，也不是一阵风，而是比灰色更深一度的黑。我胸口怦怦直跳，因为我认出那是跳舞的阴影。它好像在原地跳动、下落，跟当年它模仿我和迪恩抓落叶时的动作一样滑稽和夸张。

“怎么了。”萨莎问。

我决定不再测试萨莎对我信任的底线，至少今天就算了。“当年艾瑟尔从那里跳出来吓唬我和双胞胎。”

萨莎笑了。“我没看到，真可惜。”

“我也没看到。我只是被吓尿了。”说着思绪回到了那个夏天，蟋蟀热烈地叫着，艾瑟尔坐在后院的凉台上，氤氲在灯笼的光线中。

“你曾经迷恋她。”萨莎说。

“停，”我说，“我当时只有十岁，她四十多岁，我猜。”

“那又怎样？我没说是性吸引。迷恋跟年龄没有关系。”

说得没错。也许我对艾瑟尔有种柏拉图式的情感。“她很迷人，我想你也会迷恋她的。”

“我们应该试试。”萨莎说。

即便在互联网时代，找到曾经失去联系的人也不是那么容易。电脑都联网了，但是人没有。妈妈说不知道艾瑟尔去哪儿了，她旧房子里的住户也不知道。也许未来有一天，我们可以在脑袋里植入芯片，那样就能时时刻刻告诉每个人我们在哪里。但目前为止，我的网络搜查结果只能是一声叹息。我只得到一条线索，纽约上州一家公共图书馆书籍捐赠名单上出现了艾瑟尔的名字。

小镇的电话登记表没有录入网络，所以我打电话给信息中心。艾瑟尔的电话记录登记在案这是我没有想到的。也许对我来说，她跟怪物一样，从来就不曾存在过。但是，阴影回来了——不管怎么样，这个艾瑟尔说不定并不是我要找的人，尤其是当我打电话过去的时候，录音机里的声音听上去很陌生。也许这么多年艾瑟尔的声音变了，也许只是时间太长了。

我留言等待回信。第二天，当一个陌生的电话号码打到办公室的时候，我屏住呼吸，接起电话。是录音机里那个女人的声音，随着每一句话，她的声音变得越来越熟悉。

"为什么？艾略特·尚斯，你终究不是绿矮精啊。"艾瑟尔说。

我笑着回答："你终于相信了。"

"是你的声音让我信服了。"她说，"每个人都知道绿矮精是不会长大的。虽然他们会长胡子，抽烟斗，但他们永远是幼稚的。你显然已经是个男人了。我一点儿也不惊讶，我一直都知道你会好好长大。"

不知道为什么，我从来没有想过自己是成年人。我具备成年人的特质——二十七岁，大学文凭，工作，女友，公寓。但我想艾瑟尔所指的并不是这些。

"我不知道，"我说，"如果打着领带坐在曼哈顿中城的一张书桌前意味着成年人，那么我的确是合格的。"

"哦，纽约，"艾瑟尔说，"多么有活力的城市，我已经很多年没去过了。"

“离你很远吗？”

“其实只有一趟火车的距离。但是我越来越不愿意离开家了。”

“这可不行，”我说，想到能够见到她我突然感到很激动，“我知道一家意大利餐馆有整个纽约最好的千层面，我们在那里见面怎么样？我在中央车站接你——”

“哦，没有必要接我，你肯定很忙，”艾瑟尔说，“告诉我你最喜欢的意大利餐馆在哪里，我们在那里见面。”

“真的可以吗？”

“当然了，”她回答，声音里带着笑意，“难道我不是旅行者吗？”

我期待着与艾瑟尔共进午餐，但有些忐忑不安。艾瑟尔不会随便批评别人，但我无法控制自己不去担心——她会不会对我感到失望。不过好在这种紧张的情绪被工作的琐事平衡了，纷乱的思绪让我和办公室里弥漫着的坚持不懈的危机感保持一段距离。我回家的时间越来越晚，随着深秋临近，天也越来越黑，但是我并不介意。通勤时间感觉上并没有那么久，因为跳舞的阴影一路上都跟着我，它的舞姿非常快，我慢慢开始主动找它。当大部分纽约人被霓虹灯和餐馆橱窗的灯光吸引时，我对地铁隧道的黑色入口和楼梯下面的空间更感兴趣，那是阴影的哑剧消失不见的地方。

我和艾瑟尔约定见面的那天早晨像往常一样忙乱。办公室里不知所措、纷纷攘攘的人群被邮件、电话和会议记录湮没。我安宁地坐在桌子前，一边吃着贝果、喝着咖啡，一边工作，像一座冷静的大山凌驾于混乱之上。我穿着最好的西装，打着最花哨的领带，珍妮弗认为领带上的彩色螺旋“令人发指”，但我知道艾瑟尔肯定会欣赏。之前关于见面的焦虑都不见了，我现在只想告诉艾瑟尔这么多年来都发生了什么事，她怎么看。

中午，我急切地从座位上站起来，理了理衬衫，把大腿上的一块贝果拍干净，从门背后取下外套，迪恩进来的时候，我衣服已经穿了一半。

“哦，牛仔，”他说，“先别急着溜，有东西需要重做。”

“这有什么问题？”我问。

“太多标记。”

我点点头，这种要求并不少见。在审计过程当中，无论是初期或者其他阶段，都会慎重对待将来可能出问题的地方。我比较保守，任何有可能出问题的地方都会标记。但是记号会让客户紧张，尤其是刚刚开始创业的人，所以我有时候会放松标准，对一些无害的细节睁一只眼闭一只眼。“没问题，我下午就搞定。”

迪恩摇头。“现在就需要，客户一个小时之内就到了。”

“不行，我中午有约。”我忍住没说这份报表一周前就给他了，可他等到最后一分钟才看。

“取消吧。”他若无其事地说，好像告诉我把鞋带系好一样。

“我不能取消。”

“为什么？是和客户吃饭吗？”

我视线的角落出现了一点微弱的光芒，是小时候发光的星月怪物，它像警报一样一闪一闪的。“不是，但是——”

“你只要花十分钟就能完成。”

“我已经要迟到了。”

“那就迟点，艾略特，”迪恩的声音变得冷酷，“客户看到会惊慌失措的，他们会质问我到底懂不懂自己在干什么，这会让他们不开心。我们在这儿的唯一理由就是让客户感到开心。如果这对你来说不是最重要的，审计多的是。”

迪恩赤裸裸的威胁打乱了我的平静。我想他应该不至于为了这件事就从我手上拿走一个客户吧，更别说他所有的客户了。但其实我真的不知道他会怎么做，我大部分的工作都来自迪恩的客户。所以他说得没错，没有他的客户，我也没有理由待在这里。

“好吧。”我拿起文件回到书桌前，连外套都没脱。三十分钟之后，我把审计标准降到了令人担忧的程度迪恩才满意。我没有坐地铁，而是跑到街上打了一辆出租车，希望能更快赶到餐厅，但是我已经迟到半个小时了。我不是害怕艾瑟尔会离开，恰恰相反，我确信她会耐心地等我，这正是我心急如焚的原因。

出租车在距离餐馆最近的拐角处猛地停了下来，前面堵了一排车，我本来觉得很奇怪，直到看到急救灯在闪烁。我下车开始步行。靠近街角的时候，我看到灯光的源头是停在餐馆前的一辆警用摩托车。黄色的警戒线把摩托车、一个垃圾桶和一个弯曲的路灯灯柱围起来，一小群人在警戒线周围的人行道旁窃窃私语。我看了看人群和餐馆的窗户，没有找到艾瑟尔熟悉的脸。我突然意识到，也许现在我正盯着她也认不出来，这种想法很快被胸口一阵怪异的感觉所取代。

我顺着人群看过去，人行道上被警戒线围着的是一具尸体。从高跟鞋和裙子可以看出是一个女人，胳膊和手臂上的皱纹说明她不是很年轻了。她的头和肩膀被遮住了，应该是情急之下用厚重的警服分别裹住了。

怪异的感觉变成了冰冷的恐惧，腐蚀着我的内脏。我慢慢走向警察，脚步有点虚浮。我只能看清警察手中的警用步话机和驾照，其他都是无法分辨的一团。

“我是——”我语无伦次地说着，“我本来应该——”

眼前模糊的一团动了动，我想是警察转身看着我。“你认识她吗，先生？”

“认识？”

第三部

如果你真想淹死，就不要在浅水里折磨自己

——保加利亚谚语

在未来

班诺尔说，在未来你可以把生命送给别人。或者确切说是把剩下的生命送人，每个人余留的生命被称作“库存”，库存是可以赠送的。班诺尔对其中涉及的科学问题并不是很清楚，但它与染色体的端粒有关。每条DNA末端的帽随着岁月的流逝会缩短，最终导致细胞退化，与生物衰老是同步的。简单说，如果没有疾病或损伤，长的端粒意味着长寿。

这使得生物学家们不顾一切地寻找方法来延长端粒，或者再生端粒，或者用仿生的代替端粒，以此来延长人类的寿命。然而，端粒十分顽固，很难被操控。尽管早期的研究结果很有希望，但一个又一个的失败接踵而至，经过数十年的努力和无数的资源投入，生物学家们既无法在培养皿中生长出端粒，也无法阻止端粒不可避免的衰变。不过，他们可以移植。只要数量足够多、位置正确，就能把一个人的库存转移给另一个人。生物学家们甚至可以非常准确地估算出移植后的剩余时间，无论是四个月还是四十年。

这个过程有一些天然的限制（捐赠者死亡先不考虑）。一个完整库存不能分开，只能整个移植，不过同一个受体可以接受多个库存。虽然捐献的库存可以中止接受者的大部分基础疾病，但无法消除它们。移植了库存的癌症患者使用完库存之后，癌细胞的发展会从中断的地方重新继续开始。

尽管如此，库存移植仍被认为是科学的奇迹，即便还不够完美，缺乏突破创新。世界各国政府急忙制定了基本的法规，其中大多数似乎都是合理的。库存的买卖或其他交易被禁止了，捐赠者不能得到补偿或任何形式的报酬。法律规定，如果生命是一种礼物，那么它的剩余部分也必须是一种礼物。未成年人禁止捐赠。而且，为了使规则得到适当的监督和执行，只有少数几家机构拥有移植手续必需的技术。

最早采用这项勇敢的新技术的人是自杀者，或者说是原本被认定为自杀的人，但是现在他们严格来说不再是在结束自己的生命。曾经被广泛谴责为可耻、懦弱，甚至是罪恶的行为，现在却成了最终极的无私行为。曾经的一种剥夺变成了一份礼物。曾经的耻辱变成了恩典的徽章。然而，尽管有这样的热情，但最初对这种做法的采用还是有些停滞不前。虽然有不少人排队送礼，但最理想的接受者却不愿意接受。朋友和家人发现很难接受这样的礼物，先不说这算不算共犯，这意味着要接受亲人的死亡。几乎没有人愿意冒险接受幸存者的内疚。

其结果是捐赠者的需求急剧上升，慈善组织应运而生。这些“库存银行”接受捐赠的库存，然后分发给世界各地的受捐者。当捐赠者和受捐人之间没有了关系，幸存者的愧疚也荡然无存，原本接受捐赠是一种耻辱，现在也变成了高尚的行为。于是出现了各式各样的受赠人，从患有罕见病的七岁小孩，到再需要十二个月就能完成她的遗愿清单的八旬老人。

自杀的死亡率，或者说，因为赠送生命库存而产生的死亡率大幅上升，最终导致了社会风气微妙而又不失严谨的转变。其一，随着库存的广泛分享和再分享，人们开始把生命本身看作一种共有的现实，而不是个体的。一个大的整体生命，宣示着充分地活过比谁活更重要的时代精神。虽然意外死亡（或“库存损失”）是一种悲剧，但个人在库存自然结束时的死亡不再被认为是一种悲哀。至于库存本身，“死亡 ”这个词就变得不合适了。成为库存的生命并没有结束，只是在一个新的容器中继续存在，就像蜡烛的火焰从一根蜡烛传递到下一根蜡烛。

这种心态导致了时代精神的第二个同样深刻的变化。冒险精神激增，人们开始大胆追求遥不可及的梦想。突然间，每一个渴望成为宇航员的观星者都会放下一切去尝试。人们不再只是谈论自己想象中的生活，而是去实现它，或者在努力中失败。多亏有了库存奇迹，失败的幽灵不再可怕，也不再令人遗憾，因为最坏的情况不再是穷困潦倒和耻辱的终结。如果你的人生完全失败了，你仍然可以用它做一些令人钦佩的事情——把它送给别人。不再有死路一条，所有的路都是活的。

然而，并不是每个人都这么乐观。班诺尔说，少数人强烈反对这种“大生命”的想法。他们强调，个体生命重要正是因为个体生命是独立的。每个人的生命的独特性使其具有特殊性，而不应该被轻率地抛弃。自杀仍然是自杀，死亡仍然是死亡。讽刺的是，这些持不同政见者中的许多人都在以变成库存的方式反抗库存的存在。为了捍卫个人生命的价值，他们集体将自己的余生赠送给一个人，或者更确切地说，由于异见者集团内部的分裂，他们将自己的生命赠送给了两个人。一个叫希尔顿的北美人，另一个是叫阿斯托里亚的南欧人。

在获取了不断增长的库存之后，这两个“老时人”（他们的昵称）既是支持库存的活生生的例证，又是其对立面的偶像。几个世纪以来，他们获得了财富，走遍了全球，掌握了一个又一个职业。他们完成了所有的梦想，享受了所有他们能想象到的快乐，直到人生中所有能够经历的事都经历过了，美好的未来变成了虚无缥缈的过去。由于亲人早已去世（或成为库存了），"老时人"与当代的人没有任何共同点，他们被迫（由于他们仍是人类的天性）一起相处，这似乎是解决寂寞问题的可行办法，大部分情况下，他们无法忍受对方，早已无话可说。总而言之，他们很痛苦。班诺尔甚至听说过有人低声说过，希尔顿——也可能是阿斯托里亚——甚至还想把自己的库存捐了，到目前为止他的库存还有好几百年。

不幸的是，似乎没有人想要。

艾略特
(2000)

这一天。

早晨七点，我听到了刺耳的嗡嗡声，像是破损的割草机一样，但据我所知，几年前纽约市的最后一块地就被铺平了，几公里内连一片草都没有。是闹钟的声音。我按下了小睡键。九分钟后，我又按了一次。这场争斗一直持续到我必须小便，我关了时钟，承认自己与清醒的斗争以失败告终，对生理性的起床需求感到愤恨。珍妮弗待在床上，闹钟和时间都没有给她醒来的理由。纽约的年轻律师工作时间不规律，睡觉总是睡过头。休息的时候，珍妮弗平时不知疲倦的举止几乎变得平静。不知为何，我觉得她昏迷时的样子更可爱，这可不是个好兆头。

我们公寓里的空调坏了，很热，但我还是打开了咖啡机，每天我需要摄入至少七百二十毫克的咖啡，少一点儿也不行。第一口还是能尝到一丝化学反应的美妙，但很快就被剩下的几盎司给淹没了，也许是因为没了新奇感吧。我打开衣柜，盯着那三套西装和两双鞋，我已经穿了好几年了。十一条领带无精打采地挂着，上面机器编织的花纹是自我表达的可悲尝试。我随意挑了一条，关上衣柜，留下父亲的旧大衣，天气太热了。而且，如果松松垮垮地穿在我瘦弱的身体上，会让人注意到我在减肥的事实。

早晨八点，我走到街上，和其他上班族一起在列克星敦大街上疾行。我们不是老鼠，也没有在赛跑。老鼠是主动的，机智的。我们更像是仓鼠，被动的，顺从的，沿着为我们铺设的道路来回窜动，就像一个预先安排好的轨道管网，每个人都有自己的管子，尽管我们的物理距离很近，却完全隔绝了彼此。

地铁是更显眼的一种隧道。我们挤在一起，在人造的灯光下，尽量不碰对方，碰了就道歉。周围的人脸色阴沉，仿佛被送去打一场打不赢的战争，也不会再回来了。大多数人都面无表情地盯着前方，眼里已经透出了预期的工作压力。另一些人则在报纸上翻来覆去地翻看，试图分散注意力，但只会加剧他们的焦虑。总之，难得遇到同行的旅行者的目光。不过话说回来，我们也不是真正的旅行者。如果哪里都不去，就不能算是个旅行者。

早上八点三十分，办公室的电梯里多了些社交的气息。咖啡因和日常产生的焦虑感在电梯间传播。面对新一天潜在的问题，恐慌几乎难以掩饰。同事们烦人的胡言乱语几乎是逐字逐句地重复着，周而复始，月而复始。

“昨天晚上在俱乐部里，”丹尼斯说，“我这辈子没这么宿醉过。”丹尼斯是个酒鬼，我不知道他是如何设法避免被炒鱿鱼的。

“你说是就是吧。”海蒂说。她尴尬地笑了笑，试图掩饰自己的不适。她讨厌丹尼斯。“你昨天晚上就肯定在家。像往常一样，一个人在家——除非你算上电视。”

“你应该和我们一起出去。”

海蒂又强颜欢笑。“你想得美。”

“啊，年轻人。”杰夫说，他左眼上方沾着颜料，是孩子的手指印。他蜷缩在电梯的角落里，仿佛想躲着谁。他摇摇头，似乎在说，为了再次享受一次聚会，或者一瓶酒，他愿意付出一切。“等你安定下来，”他说，“你们就知道了。”悲惨总是会招致更多的不幸。其他人都笑话他。

“我们都面对着门站着，大家不觉得很奇怪？”我问道。我不知道为什么我觉得有必要提出这个问题，只是我确实觉得这很奇怪，而且我也想知道是否还有人这么想。从丹尼斯和海蒂脸上的表情来看，我可能早该知道。

“没觉得有什么奇怪的。”丹尼斯说。

“如果我们不对着门，反而很奇怪，”海蒂说，“我的意思是，我们应该做什么，转过身去盯着对方看？”

早上八点三十五分，我进入办公室，脱下西装外套，挂在门后面。马特已经在他的办公桌前，低着头，把自己隔离在文件箱的隔板后面。他头顶上的波拉波拉岛的海报，根本就是天堂的模样。我想起了在巴塞罗那的一个学年，那是迄今为止我唯一的一次旅行，虽然我一直希望有一天能做得更多。显然，马特也是这样想的。也许我们的共同点比电子表格和财务报表更多。

“你去过波拉波拉吗？”

马特的注意力终于离开了电脑，似乎对我主动跟他搭话这个事实隐约感到困惑。

“没有。”他说，迅速转身回到他的屏幕上。

“所以是为了激励自己。”

“是什么？”

“你的海报。”

当马特发现我还在说话时，他的困惑转为轻微的恼怒。这……

他花了一会儿时间才意识到我指的是海报。“哦，”他说，

“那不是我的。这是我来的时候就在这里。我想这是为了掩盖墙上的污点。”

他回到了自己的电脑屏幕前，显然是决定我们的对话已经完全结束了，我想这的确终结了什么。我在办公桌前坐下来，把注意力转向装满文件的箱子和电脑屏幕上一串新的电子邮件。这种注意力的转移，是一种挣扎。我不知道为什么，这一切与我开始时没有任何不同。按理说随着时间的推移，应该变得愈来愈容易。但事实并非如此。以前需要一个小时的事情，现在需要两个小时。我再熟悉不过的电子表格公式，现在却让我迷失了方向，直到我的视线开始变得模糊。

事实是，我只是不在乎有钱的投资者或银行认为是完美的财务报表，对于烧掉别人几百万美元的创业公司来说是否符合“公认的会计原则”。但是，正如我父亲所说，这就是我的问题。他认为对工作要充满激情的想法是扯淡。

当我抗议说，我觉得我只是为了薪水而工作时，他皱起了眉头。“总得有人付房租。”他说。我不能和他争论，但我一开始就不是为了争论。

十二点半，我在办公桌前吃午饭，巨无霸汉堡、薯条和可乐。据说以前人们都会出去吃午饭，坐在餐厅或公园里，慢慢地吃着饭，互相交谈。而现在，如果你离开办公室的时间超过了拿起外卖的时间，你就会开始感到内疚，隐隐约约地害怕有人会因此找你的麻烦。

商业手册就留在了抽屉里，我已经没有什么智慧可以为它添砖加瓦。它的名字现在让我觉得很自命不凡，而内容在我看来幼稚而无用，更别提市场前景了。这几年，我公司的客户都变成了互联网公司，他们的主要目标是把“眼球”吸引到自己的网站上，这样就可以把公司卖给出价最高的人，挣快钱。公司不但不赚钱，实际上是在大出血，这些已经不再重要了。从多年仔细研究和分析中总结的企业建设经验已经过时了。

萨莎的新广告已经出来一段时间了，整整一页都是关于一辆贵得离谱的车如何让你更性感，从而让你更快乐。我半信半疑地试图解开萨莎的谜题，知道她无法抗拒如此简单的诱饵，但我还是遇到了困难。我寻找“贪得无厌”“贪婪”和 “物质主义”，满页的字母，我找不到答案。我不断地猜出“感恩”这个词，但这是不可能的。

我放弃了，转而打了个盹，不过我小心翼翼的，让别人觉得我其实是在看桌子上的什么东西。我背冲着门，一只手肘靠在桌面上，头枕在手里，闭上眼睛。这种小睡方式没有名字，其实是一连串的小睡，每次持续几分钟，直到当我的手肘滑落、点头或者走廊上的声音让我以为自己被抓住了。尽管如此，这种无名的小睡也许是我一天中最喜欢的时刻，这是在梦的边缘蹑手蹑脚的感觉，是平静的不在意，是仿佛要溜走的感觉。

下午三点，迪恩执行巡逻任务。

虽然最近大家比往常更加焦虑，但迪恩一直都没变，他还没有贪得无厌之前就是这个样子。他继续用抓落叶的方式一刻不停地转着——小题大做，虚张声势，雷声大雨点小。更糟糕的是，我意识到我们都开始效仿他了。迪恩的无脑操作正在成为商业“最佳实践”，如果不像他那样工作——比如每天只工作八个小时，或者在午餐出去吃饭——会被视为不“全身心投入”，不具备团队精神，不懂得珍惜自己的工作，不愿意继续做下去。于是，我们都低着头冲锋陷阵，像一艘没有船长的帆船，当我们在慌乱的漩涡中追踪圆周时，空荡荡的船只互相碰撞。

不知是由于他的不安，还是因为他的客户都是刚刚毕业的大学生，迪恩的口头禅变得简单粗暴。他喜欢说："早起的鸟儿就会被人泡"。或者是"如果你受不了热，就脱掉你的毛衣，让我看看你的胸"。这些无聊的笑话再也无法让我笑出来，它们让我感到悲哀，几乎绝望，似乎连迪恩也开始注意到我不再装作被逗乐了。

我把艾瑟尔的死归咎于迪恩吗？理智上来说，不。他不可能知道，我午饭迟到会间接导致她错误的时间出现在错误的地方。他甚至不知道我见的是艾瑟尔，现在也不知道，因为我从没告诉过他，也不打算告诉他。我无法忍受迪恩对艾瑟尔做出什么轻浮的评论，显得他还记得她一样，那是不可能的。我看着迪恩永远睁大的双眼和上唇上的汗珠，就像一只恐惧的动物，专注于眼前的环境，和未来一两分钟的事，但不会更多。迪恩根本不会流连于过去，更不用说包括艾瑟尔在内的美好回忆。

他的巡视结束。如果他说了什么值得注意的事，我已经忘记了。我并没有真正听进去。他看了我最后一眼，轻拍着鼻翼一侧，好像在分享一个秘密。"记住，书呆子，"他说，"如果生活打了你一巴掌，就把另一半屁股也转过去。"

晚上八点，我和班诺尔约好了一起去散步。

尽管我的工作时间很长，但我从来不会错过和班诺尔一起散步的机会。

班诺尔真不可思议，真的，他总是能找到一个适合我的时间和地点，就好像是专门根据我的日程表而计划的出行。如果你有精力去想的话，肯定会觉得不可思议。

今天晚上的地点是华尔街。我提前几分钟到达，在纽约证券交易所外等待，出神地盯着它的大理石柱子看，直到我的视线模糊，它们扭曲成错落有致的美元标志。我眨了眨眼，转身离开。夜晚很温暖，此时街道停止车辆通行，街面上挤满了游客。一支五颜六色、拿着相机的松散队伍，与偶尔从石楼口走出的灰衣银行家形成鲜明的对比，他们就像从陵墓里吐出的苍白尸体，看着手机的苍白尸体。

如果游客和银行家互相注意到彼此，会立刻产生大致的印象。游客把银行家和周围的一切一起照下来，就好像这些面无表情的灰色动物是动物园里的展品——也许是爬行动物——为了娱乐游客把他们从围栏里放出来。银行家在人群中穿梭，看到羊群，他们的目光就算不是掠夺性的，也不怀好意。虽然我们都是动物，但至少每个群体在这个王国里都有自己的等级。我穿着灰色的西装，却像个游客一样目不转睛地盯着他们看，我在这两个群体中都没有位置，在这两者之间的夹缝中迷失了方向。

班诺尔来了。他和往常一样，向我打招呼，无声点头，我一直想把它当作一个微笑，但我现在承认，这只是一个无声的点头。距离我和班诺尔在自杀干预小组里第一次见面，已经快七年了。他现在应该已经五十多岁了，但时间对他很温柔。也许他的胡子里多了点银色的光芒，他额头上的皱纹略微明显。他似乎不比我们第一次见面时老，当然也不比自己的死期更近。班诺尔唯一过时的地方，就是他的呢子西装和他绅士帽上折痕的准确度。一个世纪前，游客们可能会误以为他是个银行家，但今天不会。

在这个现代，他是个奇怪的人，一个——我不知道班诺尔是什么人，也不知道他做什么工作。他从不谈论自己。如果不是讨论未来，或者自杀，或者是我们散步时的细节——比如说某只鸟的叫声——班诺尔通常都是无话可说。

通常情况下，我觉得这种沉默是愉快的，甚至是平静的。但今天，我觉得这只是另一种形式的封闭，一种伪装成陪伴的孤独，与迪恩的陈词滥调、同事们的无休止地重复的废话，或珍妮弗同事们老掉牙的婚礼仪式没有什么不同，这些都只是分散了我对真实的东西的注意力，而不是真实的东西。就算说班诺尔是我的爸爸也没什么不可能，他在早餐桌前，举着报纸遮挡住眼睛，避免谈话，直到能出门为止。我突然想到我根本就不认识班诺尔。

“你好吗，班诺尔？”

他扬起了眉毛。“我很好。”

“真的吗？”通常情况下我不会逼问他，但“很好”并不是答案，它本该是，但每个人都不自觉、甚至不假思索地说出来，就好像我们达成共识，并不想知道对方的情况如何，并不想知道别人是否还好。如果他们不好呢？那又该怎么办？“你真的没事吗，班诺尔？”我继续说道，“你最近在干什么？你的情况怎么样了？”

班诺尔双手紧紧握在身后，继续往前走。我们经过联邦大厅，前面是粗大的大理石柱子和气势恢宏的乔治·华盛顿铜像。班诺尔抬头瞥了一眼这位前总统，眼神中带着一丝羡慕。

“在未来——”

“我没问未来的事。”我说，继续逼问他。我的内心深处有什么东西在纠结着，抓着什么东西不放。“我问的是你。你现在怎么样了？你是做什么工作的？还有什么特殊的场合，你穿西装做什么？你丢了什么东西？具体是什么时候，你觉得你要自杀？在哪里？用什么方法？就告诉我一件事，班诺尔。一件真正的事，看在上帝的分上，我连你的名字都不知道。”

班诺尔摘下帽子，揉了揉他密密匝匝的银色发丝。他的脚步放慢了，几乎完全停了下来，然后在他开始说话时又加快了脚步。“我的婚礼，”他说，“我在婚礼上穿了这套衣服。”他把帽子重新戴在头上。“在过去。”他补充道。

“我不知道你结过婚。”

“我现在仍然是已婚的状态，”他说，“准确来说，但不是真的，如果你明白我的意思。她走了。”

“对不起，班诺尔。”我的身体羞愧地蜷缩了一下，仿佛在缩小，只想融化在人行道上，逃到华尔街宽阔的阴沟里去。我闭上了嘴，决心让班诺尔一个人待着，但他继续说下去。

“十年前，”他说，“那时候我的女儿才八岁。”

“你有个女儿？"

“有，”班诺说，“我有一个女儿，但我见不到她。至少现在是这样，她认为我是个疯子。”

“因为……你的旅行？”

班诺尔点点头。“这样的事情瞒不了别人。所以我告诉了妻子。我看得出，这让她很不安，但她一时没放在心上。我们又过了两年。之后，女儿已经告诉了她在学校的朋友，也就是我工作的地方。她们离开不久，我就丢了工作。我以为自己去了未来，早就预料到会发生这样的事，但事实并非如此。这就是你所说的讽刺。”

“你在学校做了什么？”

“我是个老师，”他说，“教历史。但现在不是了。我一辈子都在哈勒姆区生活。现在我在C大道的杂货店购物，住在一个叫诺劳的未成年的毒贩的楼上，他的枪比我的鞋还多。” 他摇了摇头。“你也认为我应该知道自己会有今天。”

我们几乎已经走到了街道的东边，在东河的上空出现了一小片天空。银行家和游客们大多跟在我们身后。班诺尔停下脚步，转身回头看向我们出发的地方。在最西边的那头，正好可以透过钢筋铁骨的商业塔楼之间的窄巷子看到，三一教堂精致的尖塔指向天际。

“对不起，班诺尔。”我又说了一遍。

“雷。”他说，“我的名字是雷。”

晚上九点十五分，我又一次跳过健身房了。

晚上九点半，我在消防梯上遇到了萨莎。从人行道上用过的火柴和烟头的数量来判断，她已经来了一段时间了。我在她身旁安顿下来，望着水面和布鲁克林的灯光，保持着沉默，因为我还在为班诺尔的事感到内疚，不想再造成任何伤害。

此外，萨莎已经听完了我要说的一切。我的意思是关于艾瑟尔的死。这件事我只告诉过萨莎，因此她听了不止一次，直到我自己终于明白这不是忏悔，而我宣泄的咆哮已经变成了受虐。萨莎自始至终都耐心地听着。我现在不说话了，她也忍受着我的沉默，时而跟我一样麻木，时而用她自己的话来填补空间。

今晚，她很随意地说起了南达科他州。她最近才去看望她的父母，他们还住在她长大的房子里。回家是最近才有的事。在纽约的头几年里，白天工作，晚上上大学，萨莎甚至都不会考虑回家，甚至连过节的时候都不会考虑，尤其不会在过节的时候回去。但去年夏天，在给自己定下两条规矩之后，她终于坐上了飞机。第一，她每次只能待五天。她说，每个人都要有自己能够承受的剂量，即使是对父母也不例外。第二，她只在夏天的时候去看望。这样，她就可以听蟋蟀的声音了。

她回家的时候基本什么也不干，但我无论如何都想听她说说——和妈妈一起追赶当地的八卦，和爸爸一起看电视，甚至在她家附近的树林里散步。

“我发现了一些东西，让我想到了你，”她说，“我想，也许你会想拥有它。”

她把手伸进身旁的阴影里，拿起了一只我现在才注意到的圆形布包，比一个高尔夫球大不了多少。她轻轻放在我的掌心。我解开布包，看到里面坚硬的黑色，在城市的晚霞中勉强可以看到它黯淡的光泽。我顿时哽咽了。

“这是一块煤。”

“煤？”萨莎戏谑地说道，“那是真正的无烟煤。我可是鉴定专家。”

我不知道我是想和她争论，还是想感谢她，但这不重要，反正我说不出话来，努力压抑着想要从胸腔脱口而出的呜咽。

“艾略特，” 萨莎的声音变得温柔起来，我知道要发生什么事了，“这不是你的错。”她说。她以前对我说过这句话，说过好几次了。然而不知怎么的，她知道她还没有说完，因为她知道我还是不相信这句话是真的。

晚上十一点零八分，我没有和女友做爱。四年过去了，我们的性交不再是即兴表演或者具有启发性的编舞，而是一种不同的行为艺术——为相同的观众一次又一次表演相同的节目。我不知道这是否是个问题，也不知道这是否是正常的，但我们不谈这个问题，所以不太可能找出真相。相反，我们尽职尽责地确保每隔几周就会一起脱光衣服。因为我俩都毫无疑问地相信，定期做爱肯定是“健康关系”的一个组成部分，所以表演要继续。

但今晚不行。我开着电视躺在床上，珍妮弗回家后爬到我身边。虽然现在是八月，但她还是钻进被子里。

“你在看什么？”她问道，从她蜷缩成的茧子里发出了呢喃声。

我在看什么？一部催人泪下的老电影，它永远都不会让我失望，永远都让我感受到这段模糊的、转瞬即逝的记忆，让我想起一些失落和美好的东西。

珍妮弗不放心地瞥了一眼。“天哪，你哭了？”她压抑着笑声问道。

我哭了吗？不，我不觉得。我的视线有点模糊，但我的脸颊是干的。这不是在哭吧？我为什么要哭呢？我有什么好哭的呢？

“艾略特，”珍妮弗说，“这只是一部电影而已，如果它让你难过，就别看了。”

她在被子里蜷缩得更深，瞬间就沉沉地睡着了，她说的话在空荡荡的房间里，就像一代人的宣誓。如果它让你难过，就不要去做。如果它不真实，就不要相信它。诸如此类。他们是出于好意，这些人。他们是出于好意吧？你无法反驳这个建议的合理性，对吧？

物理学家们发现，宇宙中一切事物的存在取决于它与其他事物的关联程度。这不是比喻，这是科学。他们说，即使是最基本的粒子，本质上也是延展中的关系集合。如果一个电子与它所处的原子中的质子、中子和其他电子分离开来，不受任何外力的观察或作用，那么，从科学事实上来说，这个电子就不仅仅是孤立或独立的。这个电子根本就是不存在的。没有电子。

我的脸颊上终于流下了一滴眼泪。我也不知道为什么。我对人们、对生活和对这种生命感到厌倦，但我没有任何可以辩解的理由，不管是科学上的还是其他方面的理由。正如萨莎曾经说过的，“理智与此无关”。我只是不想再在这里了，就跟我存在过的意愿一样强烈。我把电视关掉了。电影还没结束，但我知道它的结局。

艾略特
(2000)

自杀的方法有很多种。无论哪一种，都是很糟糕的。

很多都太痛苦了，甚至是想想都很难。如果你既不是佛教僧侣，也不是日本武士，那么你可能无法达到——甚至无法描述自尽或者用剑切开自己的腹部所需的意志力。不那么奇特的方法也好不到哪里去。上吊折断自己的脖子几乎是不可能的，这就意味着你必须在那里吊着，直到窒息。如果你曾经把刀片的边缘按在手腕内侧，只是想感受一下，但与生俱来的自我保护意识立刻就会启动，压制住任何破皮的念头，更不用说切得足够深，从而失血过多死亡。自杀是很难的。即使结果是你想要的，但手段本身可能会让你感到恐惧，以至于根本无法开始。

大多数方法也会给你太多的时间来终止这个过程。上吊可能需要七分钟的时间来让你窒息，你一旦身处其中，就很有可能试图摆脱那种折磨。或者，如果你把一辆很旧的车拉到车库里关上车门，二十分钟之后你才会昏过去，在这段时间里，你可能会因为某种原因而不能熄火。至于割腕，即使你设法割得足够深，你可能还是要看着自己流血一个多小时，无论你想不想，你的求生本能都有足够的时间来接管。

即使下定决心，并有信念能够完成，手段本身也很可能让你失望。很多方法都不可靠，太可怕了。实际上只有百分之六的割腕自杀者会因此而死。在那些故意吸毒过量的人中，非处方药的成功率为百分之六，处方药的成功率为百分之十二。无论以什么方式衡量，这些方式都不合格。而失败的后果可以说是非常可怕的，比成功的后果更可怕。药物过量会毁掉内脏。失败的上吊几乎肯定会导致脑部损伤。一氧化碳中毒的长期影响包括记忆缺陷、帕金森症、痴呆症、精神病、瘫痪和失明。

然后还有一种情况。那就是，你做任何事情都是正确的，没有出错，就算想要终止也来不及了。正在发生的既成事实。你吃下药丸，或者从桥上跳下，或者用绳子套住脖子从椅子上走下来。即使是这样，也往往有几分钟或者几秒钟的时间来思考你所做的事情，重新考虑你所做的事情，重新考虑那些不能再重新考虑的事情。是时候，一个铿锵有力的声音从你的大脑最深处、最原始的角落里响起，愤怒地反对你想离开的欲望，用内疚、羞耻和怀疑淹没了你精神的容器，毫不含糊地宣告你犯了一个可怕的、不可挽回的错误。这是一个你永远不想听到的声音。

这一切都让我只有一个选择。

“一把枪。”班诺尔说，回应我说的话，显然不确定他是否没有听错。“你想偷一把枪。”

“是的。”我说。让班诺尔感到吃惊并不容易，但就算我做到了也不觉得骄傲。“确切地说是偷你邻居的枪。就是那个枪比鞋还多的人。”

我们在中央公园的“北林”溪谷地穿行，这是对纽约市前身所保留的一点点致意。不过还是人造溪流和瀑布，精心放置的巨石，营造出自然无序假象的植被景观。在远离主干道的地方，北边的森林倒是显得非常静谧。在某些时候，你几乎会误以为自己在康涅狄格州的树木之间，在一本已经不复存在的书中寻找文字。

“我想诺劳不会善罢甘休的。”班诺尔说。

“目标是不被抓到。”

“这是目标吗？”

我知道班诺尔在诱骗我，但我不打算讨论我的意图。告诉别人你的目标似乎是一种阻止它实现的方式。这是一种呼救。如果你想，那也没问题。我本来根本就不打算和任何人谈这个问题，但我需要班诺尔的帮助才能实现这个目标，我相信他不会评判或反对。我决定不告诉他我想要这把枪的理由。如果班诺直接问我是否打算自杀，我就会对他坦诚相告。他没有问。

“我想，有些毒贩子也不是那么坏的，”班诺尔继续说，“但诺劳不是其中之一，他才十九岁，过着三十岁的生活，他走的路都是错的，做的事没有一件是对的。卖海洛因给小孩。伤害别人。如果他杀了人，我也不会感到惊讶。如果你想夺走他的枪，我不会说什么。”

“我不想你有危险。”

班诺尔像往常一样镇定自若，挥手表示不在意。我想，一旦你预见到了自己的死亡，其他的危险就不太在意了。我们爬上一小段山坡，站在堡垒前——这是一座建于1814年的正方形单层建筑，用来防御英国人。它更像是块砖，厚厚的石墙上的几个洞口刚好够放上一门火枪的枪口。我不知道里面有什么东西。门外的牌子上说，堡垒里曾有一门大炮，但现在“空空如也，没有屋顶，紧锁着”。

“诺劳周六晚上出去玩。”班诺尔说。

一阵阵暖意从我的胸口传来。我分不清是感激、恐惧还是别的什么。

“谢谢你……雷。”

“还是叫我班诺尔吧。”他说，“你不用谢我。”

离开哈莱姆区后，班诺尔沿着曼哈顿的东部边缘向南走，直到进入字母城，因为它以A、B、C、D大道为界，并与A、B、C和D大道相交，所以得名。

“如果由我来决定，”班诺尔说，“我会给它打F分。”他现在住在一栋方正的低层公寓的五楼，这里曾经是合租公寓，后来就没怎么变过。

星期六的晚上，班诺尔在他家附近的街角和我见面，护送我经过几个有阴影的楼梯间，当地人在那里聚集在一起，参加晚上的非法活动。“这里每个人都认识每个人，”班诺尔解释说，“如果他们对你没有产生任何不应有的兴趣那最好不过了。”夜里很暖和，班诺尔穿得很随意，穿着棕色的休闲裤和一件短袖纽扣衬衫。这是我第一次看到他穿戴花呢西装和绅士帽之外的衣服。显然班诺尔并不觉得今晚的行程是个特殊的场合。我并不反对他。

班诺尔的大楼的前门被打开了。里面是一个黑暗、窄小的门厅，只有远处路灯的微弱灯光照亮。我试着把门关上，但锁扣已经从门框上脱落。门闩毫无用处地从门上伸出来，什么也插不进去。

“别管它了，”班诺尔告诉我，“它已经坏了一段时间了。”

一条狭窄黑暗的楼梯间蜿蜒而上，穿过大楼的核心，墙壁上的涂鸦既刺眼又难辨认。我们到了五楼，沿着一条长长的走廊向大楼后方走去。这一层的天花板修葺维护良好，上面的灯泡显示出新粉刷的墙壁，跟大楼显得格格不入，我怀疑这两处都是班诺尔的作品。大多数的门都至少有两把锁，有的却有三把，班诺尔的只有一把。“我有什么别人想要的？”他问道。

班诺尔的公寓简陋，证明了他的说法。一间家具稀少的单间既是厨房、卧室，还是起居室。另一扇门后是一个紧凑的浴室，一扇孤零零的窗户通向大楼背面的消防通道。然而，这间房间整洁紧凑，有一些贴心的装饰，与这栋楼其他地方的贫穷截然不同。一块色彩鲜艳的墨西哥地毯衬托出厨房区域。手工制作的抱枕装饰着床。红色茶壶上的凹痕，不知怎的并不笨拙或浮夸，反而很有个性，凸显实用性。这个空间与我和珍妮弗的公寓形成了鲜明的对比。没有意大利咖啡机，没有塞满大衣的衣柜，也没有从来没有人用过的客房。

我在公寓里只看到一张照片，放在冰箱上。班诺尔——很容易辨认出他的西装和帽子——搂着一个穿着黄色裙子的女人站在那里。在他们的背后，有一道高高的栅栏，远处趴着的好像是一只狮子。依偎在他们之间的是一个穿着蓝色裙子的小女孩。她的头发在头顶上欢快地卷起，仿佛被她大大的笑容所吸引。照片被一块手工陶瓷磁铁固定在冰箱上。像一块微型黑板，上面似乎是用粉笔写着 “爸爸 ”。

“布朗克斯动物园，”班诺尔说，“你去过吗？”

“没有，”我说，“看起来是个特别的日子。”

班诺尔点点头。“很久以前的事了。” 他走到门前，手伸向灯的开关。“小心，黑了。”他说。当我的眼睛适应了黑暗，班诺尔从我身边走过，打开了通往消防通道的窗户。“好了，”他说，“都准备好了？”

我跟在他身后，从窗外望去。楼的后方面对着那些邻居，仿佛他们都在互相回避。两者之间的空间依然如午夜般寂静。我短暂地想起了另一个消防梯，也想起了萨莎，但班诺尔并没有停下脚步，把背靠在砖头上，点上一支烟。他默默地顺着梯子到了下面一层，我跟在他的身后，直到我们一起蹲在他公寓正下方的窗外。漆黑的窗格里什么也看不清。

“床头柜里说不定有。”班诺尔说。

“我们怎么进去？”

他一边回答一边将窗户滑开。“就像我说的，这里的人谁都认识谁。诺劳不担心抢劫。”班诺尔从口袋里拿出一只小笔灯递给我。“而且不是我们进去，是你自己进去，注意听着点外面的动静，如果有什么情况，我会让你知道的。”

我从打开的窗户钻进厨房，房间格局像火车包厢一样延伸至公寓楼正面。即使借着细细的笔筒灯的光束，我也能看到诺劳公寓的风格才真正是班诺尔的对立面。眼前仿佛是一幅富丽堂皇的贫民窟画像。一个超大的维京人炉子旁边，双水槽里满是脏兮兮的盘子。一只蟑螂在一台咖啡机后面乱窜。快餐盒散落在地上，墙上挂着一台平板电视。一张长桌子上摆放着各种工具——针、勺子、老式秤、老式计算器。旁边堆放着成卷的现金，小塑料袋里装满了白色或棕色的粉末。

不过没有枪。我小心翼翼地沿着长长的走廊走去，经过一间异常宽敞的娱乐室。在卧室里，笔筒灯的光从镜面天花板上反射回来，照在一张特大号床和另一台平板电视上。空气中弥漫着大麻的味道。按照班诺尔的建议，我打开床头柜的抽屉，不出意外地发现了一把沉重的左轮手枪，木质的手柄和黑色的枪管。我在枪管上摸索着，设法把它打开。已经上了膛，这也不奇怪。

我把枪塞进口袋，朝厨房走去。当我在黑暗的客厅中穿行时，脚下不知狠狠地踢到了什么，在硬木地板上向四面八方乱撞。我被这声响吓坏了，担心自己弄坏了什么东西。笔筒灯的光亮照到了一堆散落的光盘。我跪下来收拾，是十几岁的孩子喜欢玩的电子游戏。一只游戏手柄连接着一个巨大的平板屏幕，旁边闲置着几个游戏杆。我想这是诱饵，目的是引诱潜在顾客，降低他们的防御力，然后再从厨房桌子上的一个小塑料袋里给他们提供第一口粉。

“非洲有孩子们在挨饿，”我母亲常说，“你应该心存感激。”每当我感到不快或者她认为我没有权利感到不快的时候，就会说这句话。当然，她的意思不是说我应该感谢非洲有孩子在挨饿。她的意思是，我应该感谢我所拥有的一切，尤其是因为其他人所拥有的东西太少了。我的理论是，如果你感恩眼前拥有的一切，就不会感到难过，而你总是有什么值得感恩的东西，因为非洲和其他地方的孩子，他们的苦难无疑比你的更惨。

我花了好几年时间才发现这个论点至少有两个基本的错误。首先，感恩不是快乐。如果是的话，字典里只会用一个词来形容这两个词。第二，如果你按照这个思路走到终点，一切都会瓦解。事情要发展到什么程度，你才可以感到悲伤、失落或者绝望？按照我母亲的幸福理论，每一个还有所失的人，都应该有着无边无际的快乐。唯一有权利感到悲惨的人是世界上最倒霉的人，即使是他也很难和我母亲争论他的悲惨，因为对他来说，事情还是会变得更糟。

不管怎么说，母亲出于好意的理论，从来没有让我好过，反而让我感觉更糟糕。我知道我应该感恩戴德。而我也的确如此。

现在，除了悲伤本身之外，我还为自己感到悲伤而内疚，好像我做错了什么。想象孩子的痛苦是令人心痛的，更别说要求一个孩子去想象其他孩子的痛苦，这是多么令人恐惧的事。在悲伤、内疚、同情和恐惧的同时，还增加了一种情绪，这种情绪甚至在我年轻的时候都很难确定，但今天已经很清楚了——愤怒。一种深深的、强烈的愤怒，因为意识到生活可以如此毫不掩饰地残酷。

不，孩子们挨饿的信息从来没有让我年轻时的心情好过，现在看到用电子游戏引诱孩子们吸毒的景象也没有让我高兴。它以另一种方式激励着我。

“你在做什么？”班诺尔嘶声问道。

我在厨房里，怀里抱满了小袋粉末。班诺尔从消防梯上俯身进来，招手让我加入他的行列。

“班诺尔，你得走了。”我对他说，“谢谢你的帮助，但请你走吧。”

“艾略特，”他说，“他很快就回来了，我们都得走了。”

班诺尔听起来很担心，这点节外生枝的小插曲连他都没有预测到。但我已经冲进了卫生间。每一个塑料袋的大小刚好可以冲下马桶，不会堵塞下水道。我把它们一个接一个地送下去，每次都要等一分钟左右的时间，等着水箱里的水充满。在其中一个停顿期间，我随手打开水槽下面的柜子。在备用卫生纸卷之间夹着另一把手枪。我把它放进另一个口袋里，又冲了一袋海洛因。当我回到厨房去拿剩下的，发现班诺尔接受了我的恳求，离开了，我松了一口气。

第二轮冲水进行到一半的时候，我听到下面的公寓里有人敲打天花板的声音，还有一个女人闷闷不乐的、愤怒的声音。我没有理睬她，把那批东西冲完了。回到厨房后，我在抽屉里翻找，直到找到一个塑料垃圾袋，在这个过程中发现了第三把枪。枪比鞋还多，比我需要的多了两把。我擦掉多余的枪支上的指纹，把它们丢进垃圾袋里，然后爬出窗外的消防梯。后面的小巷子仍然是空无一人，谢天谢地。我从梯子上下来，穿过一条狭窄的小巷子来到街上。我把一袋枪扔进了一只看上去非常结实的蓝色邮政信箱里，默默地向明天一早打开邮箱的邮递员道歉，但又很满意地认为诺劳不会再使用它们了。我保留着第一把枪，大块头的它在我转身溜走时不安地靠在口袋里。

我公寓的窗户没有光线。珍妮弗不在家，我也不期待有人来找我。我从街道的远处走近，手指抽搐着，皮肤像着了火一样刺痛。当一个身影从银杏树后面走出来时，我的手本能地伸进口袋里去拿枪，然后在认出班诺尔的一刻停了下来。灯光下，他那密密麻麻的头发闪着银色的光泽。

“天啊，班诺尔。你吓到我了。”

“很奇怪，你还会被吓到？我是说，想想你干了什么吧。”

“我想是的。”我真的不想考虑这个问题。我什么也不想考虑。

班诺尔朝我的楼前门打了个手势。“我们进去吧？”

“我觉得这不是个好主意。你还是回去吧。”

班诺尔皱起了眉头。“是啊，你一直这么说。如果今晚是你在这个世界上的最后一天，我希望能在场。如果不是的话，我们可以叫个比萨。”

我机械地听着他的笑话，没有觉得有趣，也不想发现其中的幽默。“我不打算叫比萨了，班诺尔。”

他点了点头。“我不害怕。你也不需要怕。”

“害怕死亡吗？”

“任何事都不需要害怕。”

我不想争辩，甚至不想问他的话是什么意思。我转身开始爬楼梯。当班诺尔跟在我后面时，我已经累得不想抗议了。他跟着我往里走，上了楼梯，进了我的公寓，然后在客厅窗户下的椅子上坐下来。我站在房间中央，在黑暗中徘徊，不知道下一步该怎么做。如果我之前有任何计划的话，现在已经不知所措了。也许是班诺尔的存在让我感到不安，又或者是口袋里那把枪的重量。

枪。是的，我拿出左轮手枪，被它的重量吓到了。“重是好事。”我说，不知道我在跟谁说话，也不知道我为什么要说话。“如果口径太小，可能会把你变成植物人。”

我从餐桌旁拿起一把椅子，脚步蹒跚，走到房间中央。“要坐下来，”我说，“你要把手肘撑在膝盖上，这样你的目标才会稳定。”

“好的。”班诺尔说。他的声音很小，就像缩小版的声音。

“我应该拿个袋子什么的，”我补充说，“燃后用。”我本想说“善后”的，但我的嘴好像自己在动。

“没有必要，”班诺尔说，“事情我会处理好的。”

我跌坐在椅子上，把手肘搁在膝盖上。实际上，我的手很稳定。我正常地握着枪，把它对着地板。它像个锚一样挂在我的手臂末端，我又告诉自己好在它这么重。“你要一颗大子弹，”我的嘴不停解释，“而且你要让它直接进入你的大脑，最好是靠近底部、脊髓顶端的位置。你可以像电影里那样把它对准太阳穴，但这不是最保险的方式。最好的办法是你把枪管放进嘴里，直接对准后面。也可以稍微往上一点，没有自杀手动。”我想说的是“自杀手册”。

其实很简单，真的。只要把枪在你手里转一圈，像这样，让你的拇指放在扳机上，盯着枪口看。用另一只手握住枪管，稳住枪口。

“你是个孤独的电子。”我嘴里说着。

左轮手枪是如此沉重，如此沉重，如此真实，木质握把沾满了汗水，金属质感的枪身冰冷而黑暗。仅仅是看到它就会唤起不安的情绪，动摇到你的意图。恐惧。厌恶。但作为一个电子是很累的。所有的旋转、在原子的巨大空旷的空间中穿梭。这一切都太累了。结束就好了，结束是一种解脱，而且到最后真的很轻松。

我举起了枪。

“艾略特·尚斯！ 喊声似乎掀动了房顶。这声音很熟悉，却又带着浓浓的情感，以一种我不认识的方式。我抬头看去，看到入口处的萨莎的身影。她的双手举到胸前，不是在祈祷，而是攥成了拳头，似乎要和谁打架。

“班诺尔，你没关门。”我嘴里说着。

萨莎跨过门槛。“不，”她说，“绝对不行。把它放下。”

这不是请求，而是命令，显然，这就足以挫败我以为的任何目的。我把左轮手枪轻轻地放在脚边的地板上。萨莎打开了一盏灯，然后走到我身边站了起来。不过，她并没有看我。她在瞪着班诺尔。

“你到底在想什么？”她问。虽然我早就料到她会问这个问题，但看到她的问题不是针对我，我松了一口气。“你给了他一把枪？”

“不是，”班诺尔说，“他偷的。”

“该死的，班诺尔！”萨莎狠狠用脚跺了一下地面。她看起来近乎癫狂，她的短发向四面八方突出，仿佛从头皮上炸开了一样。我突然想到，她刚才很可能是在睡觉。我不知道现在是什么时候了。

“艾略特的生命不会在今晚结束。”班诺尔说。

“你怎么知道？”

“我知道自己什么时候会死，”班诺尔解释道，“而且我死的时候艾略特也在场。”

班诺尔的预言让萨莎停下了脚步，她似乎和我一样对这个新的转折感到惊讶。

她发出一声沮丧深沉的叹息。“班诺尔，那是——”

“疯狂？”他问道。

“不负责任。”

班诺尔点点头。“也许是这样吧。”他说着从沙发上站起来，向门外走去。出门时，他在萨莎身边停顿了一下，俯身在她的头顶给了她一个父亲般的吻。“这就是我给你打电话的原因。”

他出去关上门。萨莎将怒火转向我，我身体里肾上腺素澎湃的能量与疲惫碰撞在一起，就像火与冰的震荡，使我的感官不断扩大和收缩，直到我感觉到自己开始分裂。

“我不敢相信你竟然会做这样的事。”萨莎简洁地说道。

“但你相信。”我告诉她。

“什么？”

“你确实相信我，”我说，“我们不想被生下来，记得吗？我们没有参加生命的拍卖。是你说的。”

“那是假设性的。”

“对于珀尔来说不是。”

萨莎的表情进一步变得僵硬，仿佛受到了我无意中的打击。

“这不一样。”她说。

“怎么不一样？”

“因为我会想念你！”

她清脆的声音让我停下了脚步。我不知道怎么会落到和萨莎谈判的地步，我不知道她为什么会站在我的对立面。我本以为我们在这些事情上的想法是一致的。我最不想做的事情就是加重她痛苦的眼神。“我也会想你的。”我轻声说。

“不会的。”她的话语中带着愤怒，“你不会的。因为你已经死了。你根本就不打算说再见。”

“我以为我们已经说了再见了。我们已经有了结局。我以为那才是最重要的。”

“直接去自杀吗？”萨莎的耐心开始崩溃了。她似乎不知道该怎么处理这些信息，“不，这不是重点。”

“萨莎，”我轻声说，“如果我准备好了呢？”

“你很自私，事实就是这样。”

“珀尔也是自私吗？你说这是她的决定。你说——”

“我改变主意了！”萨莎似乎被自己破碎的声音吓到了。

她转过身，急忙向门外走去，好像要躲开它。“这是自私的，艾略特，”她结结巴巴地说着走了出去，“随便你怎么说，但事实就是这样。”

门砰的一声关上，回声在房间里回荡，最后沉入沉闷的寂静中。我低下头，将头埋进手心里，凝视着脚下。萨莎的话在我脑海中无声地波动着，我感受到了从未有过的哀伤。过了很久，我才意识到她拿走了枪。

在未来

班诺尔说，在未来，人类已经消灭了生存的意志。

具体说，一支研究人类基因组的科学家团队发现了负责保持生存意志的基因。然后，他们研究出了如何将其关闭。

抑制“生存基因”被认为是人类历史和社会进化史上的一个前所未有的里程碑，是人类向着自由这个神圣的目标前进的重大一步。经过几代人的努力，个人自由的理想已成为世界范围内的迷恋。独裁统治被推翻，寡头统治被瓦解。随着政治独立性的增强，人类将注意力转向了更隐秘的压迫形式，最终得出结论，人类要想真正、彻底的自由，必须摆脱最后的枷锁——由基因所决定的呼吸指令。事实上，“生存意志”这个词本身就被认为是一个错误的名词。科学家们说，生存基因是一个暴君，我们是它的奴隶，这根本不是意志的问题。

关掉这个基因并没有让人突然想死，只是不再本能地想活下去。人们变得中立，但不意味着无动于衷。事实上，人们对现在摆在他们面前的这个问题很感兴趣，因为这个问题的答案一直以来都是强制性的。人生值得吗？大多数人不知道该如何回答这个问题，甚至不知道该多久问一次。是否应该把这个问题作为日常仪式的一部分？你是否应该每天早上起来，在选择吃一碗麦片还是一盘鸡蛋之后，决定自己是生是死？也许这只是一个重要但不常见的询问，就像一个高中生决定是准备一次考试还是偷一辆车？还是说这是一种一生中只需要面对一次的问题，也许在你十八岁或二十一岁生日的时候，在你投下第一张政治选票或喝第一口啤酒的时候？

混乱随之而来。很快，大量的专家涌现出来提供帮助。他们声称，生死存亡的决定对人们来说太重要了，不能自己做决定。专业的指导是必不可少的，而且他们很乐意提供合理的费用。治疗师们宣布了新的认证，人格测试被修改，在线测验如雨后春笋般涌现。各种相互冲突的方法和意识形态繁荣发展，每一种方法和意识形态都宣传自己的结果比其他方法和意识形态更准确或更“真实”，一起步入了一个存在不确定的新时代。班诺尔说，一切都变得混乱。

最终，出现了两个占主导地位的阵营。第一个阵营宣布，对于生死问题的答案取决于目的。不是像人们通常认为的那样，取决于你的生命是否有目的，而是取决于生和死，哪一种达到的目标更重要。可喜的是，这个阵营中的大多数成员都支持生命。然而，有少数人却得出了相反的结论，一些支持者甚至为了被普遍认同的崇高原因而死——常说的以身试险——但这些情况很少，因为更多的时候，人们活着为崇高事业做出的贡献更多。大部分选择自杀的人的问题是愤怒和无助感，这两种不稳定的情绪在生存基因关闭的情况下，不可避免地会产生爆炸性的后果。从希望铲除整个文明的宗教恐怖分子，到谨小慎微地寻求暴力正义，到愤怒的自行车骑手被迫无数次躲开行路人（例如在旧金山的臭名昭著的“自拍杆事件”），结果不用说，非常不愉快。幸运的是，随着时间的推移，暴力事件逐渐消退，交战双方逐渐牵制了彼此。

第二种阵营比第一种阵营更大，有一种更细微的方法，叫作快乐-痛苦争论。基本上，你测量你生命中的快乐（广义上包括幸福等）和痛苦（包括绝望、悲伤等）的总和。支持者们一致称赞这种方法的优雅，但很快就陷入了如何实施的分歧。争论的核心是一个基本问题——什么是可以接受的快乐与痛苦的比例？

有些人认为这只是一个简单的比例问题。如果快乐多于痛苦，那么生活就是好的，是“净正值”，值得继续下去。如果痛苦超过了快乐，那么生活就是坏的，是“净负值”。另一些人根据学术界的经典字母给生活打分。在他们看来，生活中低于百分之六十的快乐是“F”，不值得费尽心机（虽然在不可救药的完美主义者中，任何低于“A”的生活都同样不能接受）。还有一些人则完全反其道而行之，认为哪怕是百分之一的快乐，也是值得的生活。毕竟，百分之一仍然大于零。

撇开衡量方式的多样性和恰当性不谈，最终的结果是可以预见的——那些觉得自己的生活太痛苦的人都放弃了。最先离开的人是极度绝望的人，但他们并不是唯一的，离开的名单越来越长——孤独、失落、心碎、恐惧、悲痛、被抛弃的人，甚至是单纯的悲伤。对那些留下来的人来说，这种现象令人不安。然而，他们本着自己的性格，努力向好的一面看。随着人口减少，人类有了更多的生存空间，自然界也重新焕发出勃勃生机——空气变干净了，海洋变清澈了，濒危物种的名单也减少了。此外，那些留下来的人告诉自己，离开的人有权利决定他们的命运。随着生存基因的消失，他们终于有了选择的自由，这（必须、真的）是一件好事，不管后果如何。

尽管如此，被留下的人还是感到越来越不安。确切地说，他们并不是不快乐。毕竟，他们的生活从某种意义上说是快乐的。只是他们很想念那些离开的人。更重要的是，他们注意到自己世界的某些方面消失了，或者至少是减少了。悲怆的情感消失了。对往日的怀旧。对忧郁的清醒反思。触目伤怀的极致痛感。有形的现实也变得稀缺——文学、艺术、诗歌。(音乐还在，但只是流行的那种，而且一次只流行几周)。最终，人们注意到，至关重要的情感——同情心、同理心——也变得稀缺，产生了一种全新的濒危物种。然而，自由的福音是神圣不可侵犯的。虽然世界可能没有那么丰富，但人类终于获得了自由，这让人类感到欣慰。

直到揭示了生存基因的科学家再次发表了新的研究报告，宣布他们之前的研究虽然没有错，但并不完整。他们宣称，这个基因可能是一个暴君，但它不是唯一的一个。

广泛的调查和深入的分析清楚地表明，人们受制于自己无法控制的情绪，面对这些情绪，他们不可能做出理性的选择。我们在自己的情感面前，就像在生存基因的支配下一样无能为力。甚至，更多的是，科学家们说，根据他们的研究，关掉这个基因，并没有让我们更自由，结果恰恰相反。

班诺尔说，当时有一些质疑新研究的真实性的声音。同行评审在哪里？双盲临床试验在哪里？但这些少量的声音微不足道。科学家们的努力得到了广泛的赞扬。新的研究被认可，被认证，悄无声息地被归档。此后生存基因的开关被断然禁止使用——这是人类为了最大限度地扩大自己的自由而必须承受的罪恶。

事情渐渐地又回到了原点。世界再一次变得更拥挤，更多了些许烦恼，更多了些许忧伤。

也多了些许精彩。

艾略特

(2000)

纽约市。十二月末。这个季节的第一场大雪落下了，宽大而柔软的雪花，每一片都是错综复杂而对称的。就像你在书本上看到的雪花图片一样。就像你想象的雪花一样。

我走出公寓大楼前门，在无风的冷空气中停顿了片刻。密密麻麻的云层和冬季斜射的阳光，将清晨笼罩在持续一整天昏黄的暮色中，直到时间本身变得无法确定。大雪从容不迫地飘落下来，无声无息地覆盖了整个城市。随着雪的积聚，普通的景物和声音都消失了——停放的汽车变成了小山丘，行人退到了有电灯照明的通道里，甚至连建筑物也在冰冷的雾气中消失了。这种白色仿佛不是来自这个世界，我不知道该不该称它为白色。他们说北方的因纽特人有五十个词来形容雪。我想，如果他们要体验曼哈顿的冬天，还得再发明一个词。

通常情况下，我会趁着这个冰封的世界还没结束，趁着纽约还没感觉到暴风雪的减弱、强行结束冬眠之前就大胆地进入这个冰封的世界。一旦铲雪车、出租车和行人的脚步苏醒，灿烂的白色就会变成一片灰蒙蒙的泥泞，煤烟和汽车尾气斑斑点点，你的鞋子很可能会淹没在每一个水坑遍布的路口。你有几个小时的时间，在这转瞬即逝的仙境中徜徉，漫步在第六大道裸露的脊梁上，仿佛你是地球上最后的流浪者，惊叹于这个城市的寂静，而这个城市终于，怜悯地沉睡了。或是张着嘴往上看，努力分辨出从云层的背景中飘落的花瓣，希望能在舌尖上捕捉到一朵。我总在感叹空虚，感悟到没有人选择沉浸在这种奇观中。(有一次，我以为自己在西线公路上看到了一个越野滑雪者的身影。那远处的身影被飘落的雪模糊了，似乎是在我离开之前停下来向我招手。当我走到滑雪者站立的地方时，已经没有了踪迹，我不能确定这是不是我做的一个梦。)

但是，今天早上我并没有大胆地去探寻那短暂的时刻。相反，我举起铁锹，在雪地上开辟出一条路，穿过台阶，穿过人行道，来到银杏树的基地，让珍妮弗的吉娃娃拉屎。

我说“珍妮弗的吉娃娃”，是因为有一天珍妮弗把它带回家，告诉我它要留下来。然而，她却把它称为“我们的吉娃娃亨利”，这也是她起的名字。我最初觉得这很有趣，因为这名字听上去似乎是一只法国贵宾犬的，不是墨西哥吉娃娃。但珍妮弗没有意识到，她在最喜欢的情景喜剧中听到这个名字后，决定使用这个名字。我不知道亨利对此有何感想。我想过要叫它恩里克，但我不想让它迷惑。再说了，我有什么资格去决定它的身份，也许它自我认同为法国狗也说不定。我决定假装它是以法国著名画家的名字命名的，甚至时不时叫它马蒂斯，它的回答是一脸的好奇和不耐烦。

我曾试图向珍妮弗指出亨利的审美倾向，但她没看出来。

“它是一只狗，艾略特。”她准确地指出。

“但它的表现力很强，”我说，“看它的表情。”

“它可能要上厕所了。”

“那它不肯穿你给它买的蓝色毛衣怎么办呢？红色的可以吗？”

“狗是看不到红色的。”珍妮弗说。

“它还总是停下来盯着一些乱七八糟的东西看？”我说，“就好像在研究怎么作画一样？”

“它大概是在想怎么骑上去。”

我没办法说服她，但我不再惊讶，我要比珍妮弗更加了解亨利。可以说，根据和它相处的时间，亨利已经不是珍妮弗的狗，也不是我们的，而是我的。珍妮弗在律师事务所的时间比平时多了许多，我和亨利都不太能常见到她。今天她甚至违背了律师的习惯，在天亮前就出门，以便在暴风雨来临之前赶到办公室。可去了以后怎么回家，这是她没有想到的。但也许她也想到了。

出于以下几个原因，我已经毫无怨言地接受了亨利的到来和照顾它的重担。首先，我已经相当喜欢这只小法国-墨西哥狗了。经过几个月的时间，我把食物刮到它的碗里，和它一起蜷缩在沙发上，铲起它形状奇异的大便，即使它断然拒绝接受我的训练做其他事，但我相信我们已经形成了一种默契。(“我是个艺术家！”我几乎可以听到它说。)其次，除了零星的暴风雪之外，亨利是我上班迟到或早退的最佳借口，而这两种情况最近越发频繁。办公室里不能带狗，亨利很不赞同这个规定，它每周一下午在厨房地板上留下的一摊尿液就证明了这一点(“一位艺术家！”)。

但我接受珍亨利主要是因为珍妮弗要求我接受。自从萨莎指责我想自杀之后，我就一直在想无私的问题。并不是说萨莎的干预实际上改变了我的想法，也不是说萨莎的干预神奇地缝合了我心中那道顽固的、难以捉摸的裂痕。如果不是她离开时把左轮手枪带走了，我不能说不会再拿起它。然而，她对我的指责比我母亲对我的含沙射影更加困扰我，我开始怀疑自己是不是一直都是错的。

我试图忘记“艾略特想要什么”或“艾略特需要什么”。换句话说，虽然我对加雷斯和他的自杀干预小组表示尊敬，但我已经不再试图抓住幸福的睾丸了。反正我永远无法牢牢抓住它们，我不确定幸福是否感激我这样做的努力。套用萨莎的话说，有些感情不喜欢那种东西。

如果说珍妮弗的吉娃娃代表了我的第一次无私的实践机会，那么我的哥哥提供了第二次机会。经过多年的磨合、勾搭、诱骗和劝说，迪恩终于收到了加入市中心高级男士俱乐部的邀请，里面有吸烟室、球场、米其林星级餐厅和奢侈的入会费。为了庆祝——也许是为了使他的晋升典礼合理化，他立即开始抽雪茄和上球类课程。练习了几个月后，他一直缠着我打球。我想他觉得自己已经练得足以赢过我。本能告诉我避免与哥哥进行这种直接的较量，小时候打棒球、被放逐的记忆慢慢浮现。然而，我出于对利他主义精神的尊重接受了。

我以前也打过一点网球，在乒乓球台上偶尔也表现不俗。但我从未接触过美式壁球。迪恩很亲切地介绍我了解这项运动，并且在俱乐部的更衣室里给我装备了全新的球拍、手套和护目镜，再配上我那双破旧的网球鞋和运动短裤。一条铺着深色地毯的走廊把我们带到了一堵玻璃墙前，透过玻璃墙，我第一次看到了球场——长方形的金黄色硬木地板，被三条红线隔开，两条实线和一条虚线。地板被白色的墙壁紧紧围住，一直延伸到高高的天花板上。当我们穿过玻璃墙进入压抑的寂静，门在我们身后关上，就像密封的盒子一样。

迪恩一边解释着游戏规则，一边把橡胶篮球敲打在远处的墙壁上。他似乎很喜欢这个机会，既展示了他的技术，又炫耀了一整套全新的行话——截球和滚球，低球和短线侧墙击球，三面墙发球和高吊球。我听得心不在焉。我经验不足，但迪恩最近一直在训练，所以我并不打算赢，甚至都没有这种想法。我更多的是被球场上的几何形状所吸引，被球撞上墙时的突然、空心的冲击力所吸引，被墙体本身的洁白所吸引。

我输掉第一场比赛也就不足为奇了。老实说，我不记得怎么开始的，只有当迪恩抓起球，宣布比分时，我才知道比赛结束了。

“就是这样了。”他说，几乎是有点过意不去的样子，我怀疑他是在用同情心来代替居高临下的态度。“再来一局？”他更急切地问道。

第二场比赛和第一场差不多，不过他喋喋不休的唠叨已经从基本规则的解释演变为强调性的指令。一些提示很明显——弯曲膝盖，扣动手腕，盯着球。而另一些则更为玄妙，尤其是当迪恩继续炫耀壁球术语的时候。“前角击球！”他大喊道。“前墙击球！”“叮——当！”不管迪恩想告诉我什么，总之他自己显然很认真，像只金毛犬一样，在球场上奔跑着，认真地努力运用他所学到的技术，竭尽全力遵循规则，像是反抗一条拴着他的皮带，因为对他来说这都是为了他好。我无法像他一样做到动作完美。如果我的脚法不标准，或者肘部飞出去了，那就随便吧。我任由身体做着自己想做的事，我的注意力被球的疯狂轰鸣声所吸引，就像粒子加速器里的质子一样，穿过房间的各个角落。

第二场比赛我自然也输了，但当我们开始第三场比赛时，有趣的事情发生了，我打得越来越好了。通过仔细观察，我发现了球弹跳的规律和角度，使比赛变得更加精彩，同时也为我赢得了分数。比赛的竞争越来越激烈。迪恩的指令消失了，取而代之的是越来越多能让水手脸红的脏话。我的老对手浮出水面引发了我想打败他的欲望，我们的比赛越来越激烈，一直到最后几分钟时，我停下来擦拭额头上的汗水时，看到哥哥脸上恐惧的表情，我提醒自己这一切是为了无私。

“你打得还不错。”迪恩递给我一支用塑料袋包着的雪茄。“差点就赢了我。”

刚洗完澡，我们就退到了迪恩俱乐部的吸烟室。我想大家都这么做。房间里装饰着深色的木头和厚厚的波斯地毯，很像一个优雅的图书馆，不过没有书，只有淡淡的自命不凡的味道从古董椅的裂纹皮革中渗出来。

“只是运气好，”我说，“我没有你的技术。”

迪恩尝试着谦虚地耸了耸肩。“我在考虑换教练。”

“我喜欢所有的回弹，”我说，“这就像亚原子粒子一样。”迪恩拱拱眉毛。“我一直在读关于电子的书。”我解释道。

“你也应该上几节课，”他说，“你肯定会打得很好。”

我收敛自己没有说出自己已经很厉害了，也许是迪恩不够好。“我不知道，”我说，“要学的似乎还有很多，我还是偶尔玩玩就可以了。”

迪恩皱起了眉头。“记得爸爸常说‘要不好好做，要不就别做’。”

“我记得。”我说，回忆起父亲的话，但不记得他说这些话的背景。“这句话对我来说从来没有什么意义。”

迪恩的眉头皱得更深了，好像我亵渎了什么神圣的福音，或者玷污了神圣的圣像。我们沉浸在沉默中，我突然想到，我从来没有简单地和哥哥单独坐在一起，单独坐很久。沉默变得越来越尴尬，直到一个年轻的女人走了过来，她穿着白色的燕尾服衬衫，戴着红色的领结，灵巧地用指尖平衡着一个餐盘。她将两杯棕色的液体放在我们之间的桌子上。

“你来了，尚斯先生。”她微笑着转身离开，在我意识到她指的是迪恩之前，她就走了。

“谢谢你，特蕾莎。”我哥哥不理会饮料，而是递给我一个小金属工具，中间有一个圆圈，两把对立的刀刃合在一起。就像一个微型的断头台。

“把尖剪掉，”他说，“动作要快，先把塑料的部分拿掉。”

我照做了，把断掉的烟头丢进附近的烟灰缸里。迪恩也是这样做的，然后点燃一根木头火柴，拿着它递给我。和尚的身影在我面前闪过。蜡烛是你。火焰是你。火焰是我。

“通常我是不会给别人点雪茄的，”迪恩说，“但我们就破个例吧。”我把雪茄放进嘴里，伸向火焰。当我看到烟雾时，我深深地吸了一口气，将一股灼热的火苗顺着喉咙送入肺部，我猛咳了一阵。

“天啊，艾略特。不要吸进去。”

“那我要做什么？”

“只把烟放进嘴里，细细品味。然后呼出来。”

这在我看来很奇怪，就像前戏，但是没有后续。但是抽雪茄似乎有很多奇怪的习俗和做法，迪恩接着说道——不要把雪茄含在嘴里，要等雪茄温热了再去掉烟标，不要把雪茄浸在酒精里，要让烟灰在烟头堆积到一英寸长，不要弹烟灰，要转圈，不要把它放进烟灰缸，不要拿着雪茄指人，不要嚼，不要急着抽，也不要抽超过一半。

“有没有正式的规则手册我可以看看？”

迪恩递给我一杯饮料。“你会明白的。给你。”

“这是什么？”

“威士忌。”

“你喜欢威士忌？”

“单一麦芽，”迪恩说，似乎这就回答了我的问题，“最好的。喝一口就好了。”

就像抽雪茄一样，我喝了一口威士忌，含在嘴里片刻，吞咽而不是呼气，这一次。虽然烧伤并不那么剧烈，但我还是努力不让自己咳嗽。眼泪夺眶而出，但迪恩似乎并没有注意到。

“很好，对吧？”

我正要为反对的观点辩护时，我制止了自己，意识到今天下午我和哥哥之间的冲突和尴尬已经够多了。我决定，无论迪恩说什么，无论我的真实想法是什么，我都要大方地、无私地回应，以迪恩的方式与迪恩沟通。

“真好喝。”我说。我从来没有用嘴把汽油从汽车里抽出来，但我敢打赌，这东西的味道就是这样。

“我说得没错吧，”迪恩说，“我可以习惯这个。我也打算这样做。以我的事业发展速度，我可能在五年内就能成为公司的管理合伙人。”

“你绝对可以成为经理合伙人。考虑到你带来的业务，这是你应该得到的。"十二个月内你就会把公司经营得一塌糊涂。你对公司的实际运作情况，就像蛇油销售员对蛇的了解一样多。

"如果我是你的老板，你不会介意吧？"

"这将是我的荣幸。"这将是一场无妄之灾。

"谢谢你，艾略特。"迪恩举起酒杯敬酒，露出他金毛犬一样的灿烂笑容。"你真慷慨。"

我举起酒杯回敬，我们的酒杯交汇在一起，发出一声闷响。"你是我的哥哥，"我说，"我希望你能幸福。"

你是我的哥哥，我希望你能幸福。

是迪恩无意中透露了我第三次修炼无私的机会，他无意中提到我们的父亲在鞋店里苦苦挣扎，不得不让几个员工离职，自己又开始了周末的工作。

"他说这是'一个坎儿'。"迪恩说。

"你怎么看？"

"我认为实体店已经死了。但不要告诉理查德。"

迪恩习惯了称呼父亲的名字，这让我觉得很冷酷，但是"理查德"似乎并不在意这一点。迪恩说的话很可疑。就算你把我爸爸倒挂起来，他也不会透露这种事情的。妈妈则不情愿地证实了这个消息。

"这只是一个坎儿。"她坚持说。

我知道父亲不会接受公然的援助，所以我开始周六去他的店里，说我是来康涅狄格州呼吸新鲜空气，或者去看望母亲，或者买一双新的翼尖皮鞋。虽然我父亲一个人守着店面，即使是一两个顾客也足以让他忙得不亦乐乎，但他并不要求我帮忙，也不介意我的存在。我在店面里流连忘返，浏览着男鞋和女鞋，回忆起小时候和母亲来这里的时光。二十年过去了，这家小店依然保持着它尊贵舒适的一面，地毯上有一些光秃秃的斑点，父亲曾试图用产品展示来掩盖。

在我第三次来的时候，父亲比往常更忙，甚至当有顾客想试试不同款式的拖鞋时，父亲让我从后面拿一双出来。我躲在柜台后面，有一条楼梯通向地下室。父亲这个隐蔽的地下部分，和我的童年时代一样，同样没有变化。狭长的过道将一排排货架分割开来，大部分都装满了鞋盒，但这里和那里偶尔会有一个空隙，我和迪恩会利用这个空隙爬到上面，将手掌按在天花板上。

“谢谢你，艾略特。”我把鞋递给他时，父亲说。他转身回到顾客面前。“我的儿子，会计。”他解释道，声音中带着自豪，让我感到惊讶。

到了第四周，我已经征用了一张试鞋凳，开始帮助顾客，和父亲并肩而行，父亲紧跟在我身边，回答问题。我们一起为顾客穿上闪闪发亮的新鞋，我不由自主地认为这能让他们更开心。我想象着他们迈着轻盈的脚步重新走向世界，甚至能在大楼之间飞跃，在水面上行走或者直接在空中飞翔，仿佛他们是超级英雄，而我和爸爸是魔法鞋匠，就好像我们在同一支队伍里。

店里座位的排列在我看来是错误的。八张椅子分成两排，背靠背对着。超级英雄们绝不会这样坐着，他们需要聚集在一起，结成联盟，以协调他们的超级英雄行动。他们需要团结起来。我向爸爸建议，我们把座位重新排列成一个大的正方形，全部朝向内侧。当然，我并没有透露这个建议的实际灵感(根本就没有什么妖怪），相反，我告诉他，这样做可能会让店里的人更有社交的感觉，更有亲和力。

我父亲摇了摇头，拒绝了这个想法，甚至连看都没看一眼收银台就拒绝了。“人们喜欢自己的隐私。”他说。我的意思是说，我们该怎么做，转过身去盯着对方看？

在我五岁左右的时候，父亲试图教我跑步。“这就是起点。”他说，在我们家门前草坪上画出一条想象中的线。他抬起手臂，指着院子的远端。“终点线就在那两棵树之间。”我记得当时望着两棵树之间，无法辨别界限，但我相信父亲的话。爸爸给我示范了“起跑”动作——半蹲着一条腿在前，另一条在后面，双手在起跑线旁分开支撑着。当他开始倒计时的时候，我检查了一下自己的手，确认自己的动作没有错。手指间的草地上有了初夏的温暖，却依然泛着春天的绿意和光泽。当父亲喊着“开始”，向远处的树丛中起跑时，我反而一跃而起，在草皮上狂乱地滚过。我笑了又笑。父亲耐心地走回来站在我身边，第四次尝试后，任何乐趣都消失了。他解释说，那不是赢得比赛的方法。

虽然我们意见不同，我继续在鞋店里帮爸爸干活。每个星期六，我都会待得晚一点，最终在最后一位顾客走后，我和父亲下到地下室去完成更多的琐碎工作——重新进货、整理退货，以便转售。这是个简单而又安逸的工作，你要思考各种风格和颜色的鞋，为什么有些人喜欢牛津，有人喜欢德比，还有人喜欢高帮皮马靴。这是一个谜，真的。如果不了解一个人的历史，你甚至无法开始猜测他可能喜欢什么。

“你应该收集电子邮件地址。”我不由自主说了出来。

“从谁那里？”我父亲问道。

“客户。你可以问他们的名字和电子邮件地址，追踪他们买的东西。这样一来，当有新的款式到了，他们可能会喜欢，你就可以给他们发邮件让他们知道。”我鼓起勇气，等待着父亲的反驳。我本来不打算再提什么建议，但这地下室的作品让人着迷，这句话就这样脱口而出了。

父亲从腿上的黑色凉鞋中抬起头来，他正费力地修理着鞋带。“你知道吗，艾略特，”他说，“这真的是个好主意。谢谢你。”

“不客气。”这一次，自己的声音中带着一丝自豪感，让我惊喜，同时也鼓励着我。“挺好的，”我继续说，“能在这里帮上忙。”

“很高兴你这么想，”我爸说，“特别是我没有给你钱。”

“我在想，也许我可以来全职工作。”

他回头看了看那只破凉鞋。“上帝，不，”他冷笑道，“你还有工作呢。”

“我就不干了。”

“别开玩笑了，”他说，“你不能一辈子卖鞋。”

“但你就是。”

“正是如此。”我父亲说。

谈话到此结束。

当一个人就在你身边，但你们之间仿佛隔着一个宇宙那么远，这是一种特殊的痛感，这种孤独感是不伦不类的，因为你不是一个人。当别人在前行的时候，我在旁边打滚，这大概是我的错。尽管如此，我还是在周六继续帮助我的父亲，就像我继续和迪恩打球，照顾珍妮弗的吉娃娃一样。这就是无私奉献吗？我想是的。有效果吗？我不知道那是什么意思。是指让我开心吗？还是说这个问题是自私的，甚至是提出这个问题都是自私的？我想我可以问萨莎，但自从夏天她偷了我的枪之后，我已经好几个月没见过她了。

也许无私的目的不是让我感觉好受些。也许这就是问题的关键——如果我觉得自己不在状态，或者悲伤，或者空虚，都不重要。也许我的感受并不重要，因为我现在是无私的。

或者，也许我只需要再给它一些时间。

之前

原来你在这里，在“奇迹之门”。

梅里亚姆紧张地笑了笑。乔利斯给了你一个肯定的点头。“那好吧，”他说，“我们开始吧。”他面对着门，拉开了门中心的铜环。

在另一边，一个开阔的广场向四面八方无边无际地延伸。抬头看不到另一边的界限在哪里，发光的物体规律地在上方盘旋着。你想，那是星星。直到你眯起眼睛看清它们最初的光辉。每一颗都不比面包盒大，没有两颗是一样的，它们的颜色、形状、光泽和运动都是无穷无尽的。它们的旋转和脉动，闪烁和流动，大多数都是抽象的，但也有一些是隐隐约约的熟悉的形式——一盏闪烁的灯，一条小溪中的气泡，一道夏日云里的闪电。

在每一盏灯的下方，都有一大群旅行者。他们蜂拥而上，争先恐后，跃跃欲试。他们呼喊着挑战，发泄着哀求。虽然他们的呼喊声很热烈，但并不凶恶，只有一种集体的、快乐的渴望。你根本不知道他们在做什么。

“竞价，”梅里亚姆说，“这是拍卖会。他们是在竞拍生命。”她解释说，每一件熠熠生辉的宝物，都是一个有待于发生的生命，一个有待于冒险的旅程，在拍卖会上，只有最想得到它的旅行者才能拥有它。

你走近一看，更仔细地观察每一件珍宝的舞姿，精确地看清楚生命的尺度。有的短些，有的长些；有的以欢乐为前奏，以悲伤为结尾；有的经历了多年的不公平之后以苦乐参半的救赎为高潮。这些变化无穷无尽，然而，没有一个生命缺乏竞价者。离你最近的地方——形状像一个马蜂窝，闪烁着金红的光芒——绝对是一个生存的车祸现场，充满了错误的决定、糟糕的破绽和没有预料到的悲剧。然而，在它下面的旅行者们却一样充满活力，因为它的不幸遭遇让人不由自主地渴望。

“他们为什么要竞拍那个？”你问道。

“为什么不呢？”乔利斯问道。

“看起来太……难了，”你说，“难道他们不喜欢最简单、最成功的吗？”

乔利斯耸耸肩。“谁知道呢？有的人确实喜欢万无一失的存在。但是，也许一个旅行者回忆起以前轻松的生活没什么刺激，现在渴望着艰苦和有意义的生活。或者是没有悲剧的旅行，最后感觉很肤浅，导致他们渴望失去和深度的旅行。”

乔利斯向着那个形似马蜂窝的生命做了个手势。对它的竞拍更加狂热，它的红光和金光的脉动也随之加快了反应。“也许一个旅行者刚从伟大的成就中走出来，被更大的焦虑所困扰，”乔利斯说，“所以他们寻求的是失败，没有期望。”

乔利斯的推理是不寻常的，但不知为何令人信服。事实上，即使是在他说话的时候，你的目光也会被左边的一个生命所吸引，你发现这个生活特别吸引人——一个绿色的、闪闪发光的东西，形状像一把小提琴。在这个生命里，一个灾难性的选择最终导致了各种混乱。不过，乔利斯的逻辑似乎有一个缺陷。

“但我可以躲开，”你说，“错误的事情，错误的决定，现在我知道了后果，就能做出不同的选择。”

乔利斯摇了摇头。“拍卖会结束后，就在你出生前，你对即将到来的人生的任何记忆都会被格式化，甚至是你选择了它的事实。”

梅里亚姆点了点头。“这是唯一的办法。”

“所以我的选择不是真正的选择，”你说，“我即将经历的一切是已经决定好的动作。我只是没有意识到这一点。”

“不，”乔利斯说，“你在生活中的决定是真实的、原创的。我们在这里看到它们的事实，并不能改变这些选择是由你自己决定的。你完全可以自由地做出其他的选择。你只是没有。”

“那么生命是已经存在的，还是我创造出来的？”

“是的。”

“这话说不通。”

“有时候，你必须为了真理而放弃理智。”梅里亚姆说。

在离你最近的旅行者中响起了一阵欢呼声。那个马蜂窝一样的生命被买走了。胜出的人接受其他人的祝贺，没有丝毫的心酸和羡慕。你也看到了，那把绿莹莹的小提琴也有了买主。无所谓了。有无尽的菜单可供选择，你觉得一定能找到自己喜欢的生活。或者不喜欢的生活，就看你要找的是什么了。

“当你准备好了，格式化就在那边。”梅里亚姆指了一下说，“不过如果你有兴趣的话，那边有一个训练场。那里的设施很齐全，到处都是旅行者。”

“训练什么？”

“为了你的生命。”

“如果我什么都记不住，何必去训练呢？”

乔利斯瞥了一眼梅里亚姆。“有些旅行者说，”他说，“格式化是不完美的，即使你忘记了训练本身，也会保留你训练的特质。”

“比如说肌肉记忆？”

乔利斯又耸了耸肩。你忽然想到，这其中的许多事情甚至对他和梅里亚姆来说都是个谜。你又想到了奇迹之门，那些狂热的旅行者，那些生命的无限矩阵，就像天空中那么多的星星一样闪闪发光。

“所以我不会记得这些事了？”

“不会记得意图和目的。”

你点了点头。梅里亚姆和乔利斯警告过你，事情会变得很混乱，他们说得没错。尽管如此，现在还是没有任何事情让你想转身离开。当你的目光转向梅里亚姆和乔利斯的身上时，只有最后一件事让你烦恼。

“我还会记得你吗？”

“恐怕不会。”梅里亚姆无奈地笑着说，“不过，别担心。我们会再见面的。”

艾略特
(2001)

三月是不太好过的一个月。不完全是冬天，也不完全是春天，往往呈现出今天这样阴晴不定的天气——前一刻是阴沉的雾气，后一刻是冰雹，一阵阵的阳光可能会让你不得不脱掉外套，而在寒风扫过你的脖子前，你的后背却会有一阵阵的寒意。人类有着不安分的心和无止境的渴望，如果我们不是为停滞而生的，那么我们也不是为这些瞬息万变、不可预知的变化而生的，这些不断转换、改变、喜怒无常的三月的日子。

如果说这一季的天气预示着城市从冬日的沉睡中醒来，是为了激励我们去做同样的事情，那么我并没有听从召唤。事实上，我比以往任何时候都睡得更香，这说明了很多问题。这些年来，我梦境中无意识的逃跑并没有减弱，也没有减少，我更愿意在那里流连忘返，即使偶尔的噩梦让我惊出一身冷汗。我只希望自己能在醒来后的几分钟内，还能回忆起它们。它们这么快就逃离了，而关于具体世界的记忆却顽强地存在着，这似乎很不公平。

我很容易把我的冬眠归咎于冬天，把它归咎于某种古老的、进化的本能，让我在灰暗的季节里沉睡下来，低调地躺下，保存能量，但即使是我清醒的时候，也是毫无生机的。作为社会惯性的俘虏，我任由自己在现代生活中被推着走，去上班（虽然比平时晚了点），然后再回来（虽然早了点），看邮件，算数字，发邮件，付房租，把橱柜塞满。维持有机体存活。一个有生物需求的自动化机器。

从本质上说，我正在变成马特。躲在办公桌后面，像个石雕一样，我的办公室伙伴似乎什么都不想，什么都不需要，甚至什么都感觉不到，直到我开始怀疑他是个仿真人，和他头顶上那张褪色的小岛海报一样真实。我几乎想伸出手去戳他，试探他是否只是个海市蜃楼，但我还是忍住了。就我和马特的互动而言，友好地戳戳他的手臂是对礼节的严重违反。我们甚至都不说早安了。

人会慢慢变得习惯麻木。所以，当迪恩出现在办公室门口时，我很惊讶我的理智还能分辨出他眼中的恐惧和他眉心的汗水。我分不清这是什么新鲜事，还是他几个月来一直这样，而我只是没有注意到。他在那里徘徊了一会儿。我放下咖啡，尽职尽责地等待着他巡视完毕离开。但相反，他进了房间，拖着一把椅子朝我的办公桌前走去，坐了下来。我不需要费力地搜寻模糊的记忆，就知道迪恩从来没有做过这样的事。

他放弃了时髦的牛仔裤和运动鞋，重新穿上了名牌西装和僧侣鞋——这是我直到现在才注意到的。他从外套的内袋里拿出一支雪茄，放在我的桌子上。

“我想我们不能在这里抽烟。”我告诉他。

“这本来是要当作奖品的，”他说，“如果你能在壁球比赛中打败我。”他的语气轻松，衬托出眼底的阴影。“但我等得不耐烦了，就当是礼物吧。是古巴人的。尝一尝吧。”

我把雪茄放在鼻子底下转了转，闻起来像灰，我想迪恩要找的是这种反应。

“闻起来像土壤的味道，对吗？”他说，“像它的家乡。像吃了一口当地的下酒菜一样。”

“是啊，”我说，“正是如此。”

迪恩往后一靠，交叉着双腿，似乎要在这里待上一阵子，虽然他似乎并不打算点燃。我把雪茄放在一旁，默默地考虑着将来如何处理它的选择。也许班诺尔会想要它。

“珍妮弗怎么样了？”迪恩问道。

“你问这个干什么？”

他笑了起来。“嗯，因为她是你的女朋友，也可能是我未来的弟媳。”

“有可能，”我说，“她很好，我们有一只狗。”我忘了有没有告诉过迪恩亨利的事。显然没有。

“不错！”他说，“一只黑色的拉布拉多吗？”

迪恩的猜测在意料之中，不过他为什么说一只黑色的，我却没想到。毫无疑问迪恩是不可能喜欢亨利的，它既不喜欢表演花样，也不喜欢安静地做一只漂亮的宠物。就算你给它示范如何用嘴捡棍子，它也不愿意学。

“吉娃娃。”我说。

“哦。”迪恩压抑着脸色，然后耸了耸肩。“嗯，还是一样。”

他停顿了一下，很短暂，通常我不会多想什么。但迪恩通常并不来我们办公室里坐坐，也不给我送礼物，不过问我女朋友的事情。这点戏码显然是个前奏，过了一会儿，他总算是进入了正题。

“那么，萨奇尔明天要开董事会。投资人要来讨论潜在的一轮投资。他们需要经过审计的财务数据。”

“没问题，”我告诉他，松了一口气，“我们上周就完成了。”

“是的，”迪恩说，“他们只需要做最后一次调整。他们需要从这个季度的收入中拿出大约五百万转移到上个季度。”

我的轻松立刻蒸发了。“你在开玩笑吧。”

“没有，”迪恩说，他加快语速，“这不是什么大问题。公司一季度有一千万左右。他们只需要在第四季度表现出其中五百万就可以了。”

“是上一个纳税年度的第四季度。”

“是啊。”

“你不能这么做。”我说。

“这没什么大不了的。”迪恩又说，好像重复一遍就能让人觉得是真的。

“这是诈骗。”

迪恩轻快的语气突然变得阴沉。“天啊，艾略特，别这么紧张。那是真正的收入。他们赚到了钱。”

“那么哪个季度赚的钱就应该出现在相应的地方。”

迪恩开始脸色发红。“听着，如果萨奇公司在2000年没有达到具体的收入目标，下一轮投资就不会发生。投资人就会开始催收贷款，公司就完了。破产。仅仅因为收入的时机问题。这很荒唐。”

“他们为什么不直接向投资人解释一下？”

“因为那是不可能的，艾略特！我没有咨询你的意见，你不是他们的顾问。你的工作是审计财务数据，这不是什么大不了的事。”

“你老是这么说。可是投资人恐怕不会同意你的说法。”

“艾略特——”

“这也是骗税。”

“这怎么可能是骗税？”迪恩质问道，“他们实际上是把收入提前，他们甚至要多交税。政府应该感谢他们。”

“那可不一定，但无论哪种方式都是骗税。”

“该死的，艾略特！你只管照做就行了。”他从椅子上跳了起来，脸色绯红。他额头上的汗水更急剧地冒了出来。他朝门外走去，然后停了下来，显然是在等我屈服。

我们上高中的时候，迪恩偶尔会让我帮他做作业。通常情况下，这意味着要解释一些宽泛的概念，或者把一些玄奥的问题翻译成他可以轻松应付的问题，但每隔一段时间，他就会问我答案。不知道为什么，我从来都不认为这是在作弊。也许是我的道德意识还没有完全发展起来，也可能是我从来没有想过，哥哥会要求我做错事，他会把他的成功看得比我的诚信还重要。

我看着他。他抓着门框，回过头来瞪着我，眼神中夹杂着恐惧和愤怒。我胸中的某样东西，已经冷了一段时间了，终于冻结了。然后，它破灭了。

“是我让你赢的。”我说。

“什么？”

“在抓落叶的时候。我们小时候。我从来没有数过所有的叶子。”

迪恩难以置信地摇了摇头。“谁会在乎呢？”

“你在乎，”我说，“你很在乎。”

“好吧，那你真是贴心，艾略特，不过现在是时候坐在大人的餐桌前行事了。像个大人一样。”

“你是个混蛋。”

迪恩的眼睛彻底失去了光芒。“因为我，你才有了工作，才不用跟爸妈住在一起。”他继续盯着我，或者至少是盯着我的方向看，他眼里从来只有他自己，其他什么人也看不到。我恨他。我想拿起椅子，砸在他头上。

“我来吧，”马特说。我已经忘记了我的办公室伙伴也在那里。“这并不难做到。”他急切的堕落没能让我吃惊。

“不，”迪恩说，“这是艾略特的工作，他今天不会在办公室里睡午觉，也不打算因为心情不好而提前回家。他要按照客户的要求，在明天早上之前完成他的工作。”

他没说什么俏皮的口头禅便转身离开，我倒是想到了几个合适的。我茫然地看着我的办公桌，等待着脉搏的平稳。

“早晚的事。”马特说。

“你什么意思？”

“迪恩已经半年没有签过一个新客户了。如果撒切尔破产了，我不知道他还剩下谁了。他的互联网炸弹随时都会爆炸。”

“互联网炸弹？”

“互联网公司，”马特说，“崩盘了。连迪恩都无法再否认了。他应该说活在剑下，戳破自己的泡沫。当然了，他不会的，因为他已经完蛋了。”

我的肠子紧绷着，感觉就像一大块铅块凝结在胃里。我打开电脑，登录到我的投资账户，看了一眼就证实了马特的报告。都没了，或者说几乎没了。几千块钱的存款变成了几百块。

“我简直不敢相信。”

马特笑了，很随意，几乎是笑着说，仿佛早就料到了这一点。“老兄，你在想什么呢？”

一定是有错的。我调出了过去一年的股票图表。2000年的纳斯达克曲线图看起来就像喜马拉雅山的轮廓，三月是一个飙升的山峰，五月是一个深深的沟壑，七月又是一个尖锐的山峰。然而，直到八月末，市场仍处于高空，在这一点上，它变成了一个悬崖峭壁，直奔今天。也许还不是谷底，但仍然远低于我投资时的水平。七年的积蓄在十二个月内化为乌有。我只是太麻木了，感觉不到刀刃的存在。我最后一次检查投资账户是1999年底。就在艾瑟尔去世前。我唯一的错误。

如果说上市公司的股票变得一文不值，那么毫无疑问，互联网公司客户也完全是这样。如果迪恩的账户消失了，那么我投入其中的钱也就全部消失了，连同我自己创业的任何希望都没有了。当然，不管有无积蓄，当初和哥哥一起创办互联网公司的想法完全是个笑话。但现在连我自己开咨询公司的梦想也只是个玩笑。妄想。我没有种子资金，也没有权利要求企业主接受我的建议。我该怎么跟客户说："你可以相信我。我在股市里把所有的积蓄都输光了？"

不，那个梦想现在已经死了，就跟从未活过一样。而且，随着股市的崩盘，就业市场肯定也会崩盘。我曾有过的任何辞职的念头突然间显得很天真，甚至是可笑。迪恩的要求所带来的明显的道德困境似乎已经不再是一个两难的问题，而是 "和大人坐在大人的餐桌前" 的必然结果。胃里的沉重感越来越重，我的呼吸也越来越浅，好像细胞中的氧气终于要用完了。虽然现在还不到中午，但我还是往电梯走去，确保在路上避开迪恩。我告诉自己，我只需要到外面去透透气，虽然一旦到了街上，我的脚就开始向家走去。

我不知道为什么。珍妮弗不会在家，而且我通常不会寻求她的帮助。不过，现在想起来，也许她能帮上忙。她毕竟是个律师，这基本上是个法律问题，或者是道德问题，或者两者兼而有之。也许她的训练或经验能提供一些见解。她今晚很晚才会回家，但没问题。反正我今天晚上要去见班诺尔。他想在晚上从乔治·华盛顿大桥上看曼哈顿的天际线。我还没有错过任何一次散步，我现在也不打算错过。

在这段时间里，我不知道该怎么办，被一种似曾相识的感觉带领着回了家。今天是星期一，亨利已经在厨房地板上小便了。然而，我对两个新的细节却没有那么多准备。第一个是在我的躺椅上挂着一件男式西装外套。第二个是从卧室里发出一连串女性的呻吟声，我已经好几年没听到了。

“原来如此。”我站在通往卧室的门口，尽量不要太重地靠在门框上。不知道为什么，我不想示弱。仿佛我是自然节目中的雄性领主一样，为保住配偶而战。仿佛还有什么东西要争夺。仿佛我真的在乎为之而战。

“我的天啊，艾略特！”珍妮弗的尖叫声中传达出的大多是震惊，但也有一丝恼怒。她从被子下面一跃而起，这很了不起，因为她平躺在被子里，两腿之间有一个男人。他的头也从床单下探出头来——一双玻璃般的小眼睛从那张不起眼的脸庞上探出头来。

“老兄。”他说。真的，就这么一句。我想律师也可以是个白痴。或者是银行家，反正是随便什么穿着西装的白痴。

“你生气之前，”珍妮弗说，“让我说——”

“你还有什么可说的？”我问道。这是一个修辞性的问题。我不想让她回答这个问题，也不想听她陈述她的理由。当然，她也没有什么可说的。我甚至不知道自己为什么还站在门口，除了双腿不听从我的命令动弹之外，我也不知道自己为什么还站在门口。

“这不是爱，”珍妮弗说，挥手示意床或者是床上的男人，或两者都是。“这又不是什么大事。”

“是啊，伙计，”床上的伙计说，“这只是做爱。”

“是出轨，”我说，“别忘了出轨。”

珍妮弗垂下了肩膀。“我们又没结婚，艾略特。”

我不太相信这就是她的理由。技巧性的回避，不就是像律师吗？但我并不是要抨击律师。我相信有很多律师都是正直善良的好律师。只是我只碰巧认识其中一个，而且——事实证明，她是个婊子。我一点也不喜欢她。

在我出去的路上，我在厨房地板上的一摊尿液旁停顿了一下。我现在意识到，亨利抗议的不是我公司禁止养狗，而是一个陌生人在我的床上，这意味着，自从亨利来了以后，这个陌生人至少每个星期一都会来这里。我内脏中的冰冷的铅质感蔓延到胸口。我应该更加在意珍妮弗的背叛，但并没有。我鼓起敌意，拉开裤子拉链，在油布上撒尿，在亨利的旁边留下自己的怨恨印记。这就是我和亨利对所谓的成人世界的看法。

在曼哈顿，你很可能走了很多地方以后，才意识到哪儿也到不了。我花了几个小时的时间，曲里拐弯地离开了曼哈顿村，进入了中城，这时，我开始隐隐约约地逼着自己的脚往北、往西走。几个小时后，乔治·华盛顿大桥把它的灰色梁式塔楼推入哈德逊河上空的空地。

桥上有一条人行道。我沿着人行道走到桥的中间，手扶着左边的短栏杆。在乌云密布的地平线后面，太阳快要落山了，天已经沉浸在一片沉闷的寂静中。我停下脚步，靠在栏杆上，望向城市的方向。在我脚下一百多米的地方，河水是石板的颜色，什么也倒映不出来。

我不是唯一走在桥上的人，但总的来说没几个人。一个孤独的慢跑者气喘吁吁地经过。一对游客从他们的相机镜头后面凝视着天际线。只有我一个人在中点徘徊。当一个穿着深蓝色大衣的港务局警察迎面走来时，我并不奇怪。她放慢脚步，给了我一个亲切而又警惕的眼神，这让我想起了第一次见到加雷斯的情形。

“今天过得怎么样？”她微笑着，尽管她的眼睛依然警惕地看着我。她的手松松地垂在身旁，似乎准备把我从边缘上扳走。

“很好，谢谢。”我笑着回道。这又是一个老谎言——其实是两个谎言——微笑和回答。我不是很好。我一点也不好。但“很好”是我们最喜欢的谎言。我们都会说这个谎话，一直都在说。“你好吗？”这句话已经被阉割了。“不错”，你会说“很好”“好极了”，或者说，“很忙”。人们并不希望得到一个实际的答案。

不过，平心而论，这个特殊的巡逻员可能是个例外。她似乎不仅对我的回答很感兴趣，而且还很怀疑。“好吧，”她说，“如果你需要的话，在那边二十米的地方有一个电话。”

我想，就是那种只能拨打一个号码的电话。他们会怎么说？我想知道。他们能做什么，这个世界里充满善意的加雷斯们会怎么说？他们能在我心中的那个洞里填满任何东西吗？他们能改变我的人生旅程吗？还是说他们反而会努力改变我的认知方式？我是否会希望他们这样做呢？

“哦，谢谢，但我很好。”试图打消警察的疑虑，我提供了一个我觉得比较靠谱的防守。“我在等一个朋友。他一直想从这里看一下这个城市的夜景。”

“聪明的朋友，”她说，紧张感稍稍放松了一些，“它永远不会变老。我晚上经常在桥上走夜路。”

“是为了好玩？”

“有时候，”她抬头瞥了一眼越来越黑的天空。远处，高楼大厦刚刚开始闪烁。“不会太久，”她说，“那我就不打扰你了。对了，我叫丽塔。”

“艾略特。”我回答，对于交换名字感到陌生。也许是预防自杀的最后一出戏。或者只是一个友好的声音。我已经无法分辨了。警官丽塔向我点了点头，然后走开了，渐渐地随着白日一同消失了。

当我发现班诺尔接近时，夜幕已经降临了。他从桥上的路灯下走过，我只能分辨出他帽子的形状和毛呢西装的剪裁，在他经过桥下的路灯时交替变亮和变暗，仿佛在慢动作中闪烁。他的五官大多被帽子的帽檐和胡子的影子遮住了。直到他站在我身边，我才注意到他脸上的伤痕。

“我的上帝，班诺尔，你怎么了？”

他耸了耸肩。“没什么值得大惊小怪的。”又是一个被社会认可的不回答。班诺尔和我们其他人一样，都是被社会调教好的。他还不如说：忙着呢。

“但是，发生了什么事？”我又问了一遍，像丽塔一样，寻求更真实的东西。

“诺劳，”班诺尔说，摇摇头，“我要是真想揍他一顿也不在话下，但最好是让他出出气。”

愧疚感仿佛在割裂我的内脏。“班诺尔，我很抱歉。”

他挥手示意了一下。“不是因为枪的问题，”他说，然后停顿了一下，“嗯，是关于枪的事，但他不知道是我。他把半栋楼的人都揍了一遍。”

内疚感涌上心头，像海浪一样在我身上涌动，冲刷着我的愤怒的余烬。“都是我的错。”

“不，”班诺尔严厉地说，“是诺劳的错。只有诺劳的错。这一点要清楚。我告诉过你，他伤人，一直以来都是这样。偷来的枪给了他一个借口，但如果你不拿，他就会想出另一个借口。他总是这样。”

“我恨他，”我说，“我恨这个世界。”

班诺尔叹了口气。“我不能说我见识得够多，以至于恨这个世界，但诺劳是个废物，没有错。”他转身将手搭在栏杆上，抬眼看了看曼哈顿闪亮的身影。“嗯，你看，就像明信片一样。”

“你想象的是什么？”

“是我女儿想象的。她是怎么想出来的，我不知道，但她一直想站在这里看夜景，看看这个城市。我告诉她，有一天我会带她来的。”班诺尔的手臂垂到身边，手指紧紧攥着空荡荡的空气。“我从来没有。”

“那也不是你的错。”我告诉他。

“也许不是，也可能是有一点。这并不重要。”他直起身子，双手抚平西装的前襟。“是时候说再见了，艾略特。我的路就到此为止了。”

如果我以为我的感觉能力已经熄灭了，那我就错了。我的双腿开始颤抖。在班诺尔伸出一只手扶住我之前，我差点摔倒。“不，”我告诉他，记得他的预言，当他最后自杀的时候，我会在那里。“你骗我。”

“别闹了。”

“我要走了，”我说，盘算着，“我会离开的，如果我不在，你不能死。你说过的。”我艰难地摇摇晃晃地迈出了一步，决心为了救我的朋友而逃离。“艾略特，拜托了。”班诺尔的声音里充满了难得的一丝情绪，让我停下了脚步。“我只是希望有人能看到我。”

我的双腿不断地颤抖，就像根基不牢、无法长久支撑的结构。我们如此拼命地构建一个人类生命。棒球运动员，外籍人士，恋人，快乐的人，无私的人。宣告自己存在的真相，把它作为一座丰碑竖立在天上，直到太晚才意识到，它从来都只是简陋的脚手架，容易倒塌。只需狠狠晃动一两下就可以了。

我命令我的双脚不要离开。班诺尔从未向我提出过任何要求。我不允许自己拒绝他的第一个也是最后一个要求。“那就这样了？”我傻傻地问道，“你要跳下去？”

“飞跃，”他说，“我要飞跃。”

我感觉到自己开始哭了。“我真的希望你别这么做。”我的话听起来很可悲，拘谨、老套、肤浅，完全不足以表达我的绝望。我什么时候开始这样说话了？我是被训练得这么好吗？

“有时候，过去就是不让你走，”班诺尔说，“无论你怎么努力，都不会放过你。”

“这就是你看到的？”我问他，“这就是未来吗？”

他点了点头。“你觉得我疯了吗？”

“不。”我坚定、坚决地说，希望我的信念能说服他留下来。

他上前一步，给了我一个拥抱，稳稳地拍了一下我的背，似乎是为了证明我的存在。他松开我，坐到栏杆上，双腿一扫而过，站在桥边，在那里停顿了一下，吸引了我的目光。

“我看到你了，班诺尔。”我的声音是木头的碎裂声，金属棒的撞击声。

他摘下绅士帽，按在心口。“谢谢你，我的朋友，”他说，“我也看到你了。”抬手告别，他向后退了一步，走进了黑夜。然后，他就走了。

没有人喊叫。没有人跑过去帮忙。班诺尔仿佛故意安排好了时间，让他的离开不会引起轩然大波，仿佛他确切地知道什么时候没有人会注意到。当然，除了我之外。他走后，我也不知道自己在那里站了多久。因为我只知道，宇宙之轮完成了最后的转折，重新开始，又循环回到了这一刻，这样一来，桥的尽头之外的世界与班诺尔留下的世界完全不同了。但是，不，那只是多了一个幼稚的梦想。没有什么魔法轮子可以让我转动，改变这个世界。毫无疑问，事情还是和以前一样。我毕生的积蓄还是没有了，连带着我的职业前景也没有了。我的恋情还是结束了，迪恩还在等着我的投降，而我的朋友还是死了。我再也不会和他走在一起了。

第四部

一个人过草地时，遇到了一只老虎。他逃走了，老虎在后面追着他。他来到一个悬崖边上，抓住一根藤蔓，晃动着身子从悬崖边上跳了下去。老虎在上面嗅着他的气味。那人吓坏了，他往下看了看，下面另一只老虎已经来了，等着吃他。两只老虎，一白一黑，开始啃着藤蔓。那人看到近在咫尺的藤蔓上有一颗硕大的草莓。他用一只手抓着藤蔓，另一只手摘下了草莓。多么香甜的味道啊！

——禅宗寓言

之后

你死之后，发现自己站在一条很长的队伍的尽头。

“我们在等什么？”你问前面的旅行者。

“去投诉，”她说，“有一个柜台。”

你顺着一排排的旅客往前看去。前面有一个亭子，柜台上方有一扇敞开的窗户。是梅里亚姆在窗口耐心地听着排队等候的旅客抱怨。她认真地点点头，时不时地微笑。

“真周到。”你说。旷日持久的排队时间现在看来是件好事。考虑到事情的结局，你预计会有很多抱怨。你需要一些时间。

你几乎不知道该从哪里开始，所以你决定从大的事情开始。战争，你想。战争是可怕的，各种形式的战争都很糟糕——冲突和暴乱，战斗和争斗，报复和斗殴，以及所有的暴力冲突。还有卑鄙无耻。卑鄙的人很烂。事实上，值得抱怨的人有很多种——不公平的、自私的、粗鲁的，更不用说贪婪的、不诚实的、傲慢的、自以为是的、自命不凡的、肤浅的、物质主义的、自大无知的。你想知道你在柜台前还有多少时间。你害怕对其他旅客的怨气会填满自己所有的时间。然后还有痛苦。痛苦，嗯，很痛苦。割伤，刮伤，擦伤，瘀伤，骨折。八岁时的牙痛，刻骨铭心。还有那次你把铁门摔在脚趾上，指甲盖下面的血变成了黑色，疼了好几天，最后爸爸终于把你送到了急诊室，他们用锋利的针头扎了一下，把瘀血清除干净。还有你二十多岁时的肾结石。你高中时因为发高烧错过了与朋友们一起去郊游。

仔细想想，错过了那场郊游是个很大的遗憾。这是另一个要抱怨的事。你也没有在意大利吃过新鲜的意大利面，也没有听过狮子的吼叫，也没有用望远镜看夜空。长大后你不是宇航员，不是消防员，也不是海盗。你没有看到、听到、闻到、尝到或感受到现实中的很多东西。你没能做的事有一大堆。

队伍移动得比你预想的要快，随着你的投诉清单扩大，队伍越来越短。你继续完善清单的组成，最终从重大事件转移到琐碎的事情上，它们规模小不代表重要性也减少。有飞机上的食物、垃圾邮件、恶劣天气、电影院隔夜的爆米花、二十四小时不停的新闻。还有交通、痤疮、账单、工作、蚊子——

“哦，是小型犬！”你感叹道。直到面前的旅人眼前一亮，你才意识到自己大声说出了这句话。

“哦，我很喜欢那些！”她说。

“喜欢？”你难以置信地说道。“它们简直可怕。”这些小毛狗根本就不能算是狗，女人把它们塞进自己的手提包里，它们在人类脚边盘旋，发出刺耳的叫声。

“我喜欢它们的小脸蛋，”你旁边的人说，“太有表现力了。还有它们好斗的态度，太可爱了，太有个性了。”

“我想它们也不全都那么讨厌，”你承认道，“既然你提到了，我记得有一两个例外。”

“哦，不，”她说，微笑着挥挥手表示抗议，“小型犬都很可爱，每一个我都喜欢。”

显然，小狗不会出现在她的投诉清单上，你觉得也许它们也不应该出现在你的投诉清单上。如果另一个旅行者能够如此珍惜它们，那么它们不可能天生就是坏的，因此，你的抱怨的源头，应该不是小狗，而是你对小狗的认知。然而，你的认知是你的一部分，你不能抱怨自己。你就是你自己的责任。

你把小狗从你的清单上划掉，意识到，按照这个道理，你也必须把其他任何一个旅行者所爱的东西也划掉。抱怨似乎不再有意义，这让你怀疑，也许你的其他一些抱怨也没有什么意义。你真的能抱怨自己没去过意大利，自己不是宇航员，或者其他没有发生也不真实的事情吗？抱怨那些没有发生过的事情，感觉不合逻辑，也许还有点疯狂。你可能还不如抱怨事实或虚构的事实，或者抱怨每天早上有一只独角兽没有来接你上班，或者绿矮精从来没有实现你的愿望。你也把这些事情从清单上划掉，然后把注意力转到另一类——与你所重视的事情有着千丝万缕的联系。所谓的“必要之恶”。疼痛提醒你有危险。发烧抵御感染。自由意志让人类有无数种方式把自己变得面目可憎。战争也是人们随意表示不同意引发的结果，虽然是个悲剧。

不知怎的，你知道这些想法在旅途中不会有太大的分量，你以前很可能听过这些论点，但不知为什么，现在看来它们更有说服力。这并不是说你突然认为这些东西都是好的。痛苦是痛苦的。犯罪是不公正的。只是，你觉得抱怨这些事已经不合适了。你把清单缩减到只剩下一些琐碎的事情，你都不知道自己为什么会被这些事困扰。小型犬？你是认真的吗？事实上，你很难想象还有什么可抱怨的。如果你真的抱怨，很可能是向其他旅客抱怨。当然不是向梅里亚姆抱怨，她还在柜台后面等你意识到自己已经走到了队伍的最前面。

“你想从哪里开始？”她问道，翻阅着手中的清单。

“我想我什么都没有。”

梅里亚姆惊讶地抬起头来。“真的？”

“是啊，”你说，想了想说，“我很好。”

梅里亚姆放下了她的文件夹。泪水模糊了她的视线。“我很高兴。”她说，眼睛里闪着亮光。“谢谢你。”

“不，我应该谢谢你。”

她笑了笑，整理了自己的情绪。“说起这个……”

梅里亚姆指了指亭子后面的一个区域，是另一条队伍，站在你前面的是刚才的小狗爱好者。

“现在我们还在等什么？”你问。

“去表达赞美。”她说。

你把目光投向了队伍的最前面，可以看到另一个亭子、另一个柜台。这一次，是乔利斯在橱窗里。他似乎在笑，但是距离太远，也很难说。这条线比上一条要长得多，这让你很惊讶。并不是说你没有什么可以赞美的。只是你没有想到会花很长时间。有家人和朋友（大部分时间），有健康（大部分时间），有食物，有住所，有阳光。梳理一下自己的清单不超过一两分钟，之后几乎没有什么可以补充的。

“都准备好了吗？”你身后的旅行者问道。你点了点头。“我也是，”他说，“说实话，我的东西不多。主要是性爱和冰激凌。”

“冰激凌！”小型犬爱好者说，“我怎么忘了冰激凌呢？”

说实话，你也忘记了冰激凌，你加进自己的清单里，同时还有巧克力、糖粉、华夫饼……

“理发，”一位旅客在稍远的地方说，“我以前每次理发后都要吃冰激凌。都很喜欢。”

“是的！”小型犬爱好者说，“还有修脚。还有脚指甲！”

“脚指甲？”你说。

“当然，”她坚持说，“我喜欢涂指甲油。我喜欢装饰它们，就像在你的脚趾末端有小饰品一样。”

你对脚指甲不是很确定，但你肯定喜欢脚趾，然后你想起了脚，脚之后是手、胳膊、皮肤、眼睛和心脏，还有——总之，要是细想，有不少身体部位都值得好好赞美。你继续把它们添加到清单上，努力地跟上，因为你周围的旅行者都在讨论，一想到它们就大喊赞美（“长筒袜！”），每当有人想到一个（“公路旅行！”），就会被提醒新的一个（“露营！”），这样下去，连锁反应有可能把你的赞美名单堆积成百科全书。当你终于完成的时候，你已经排在了队伍的最前面。你走到柜台前，乔利斯正在翻阅文件夹内的书页。

“好的，”他说，“都准备好了？”

为了乔利斯好，你又把自己的单子看了一遍。他把它都记下来，微笑着面对每一个新的条目，直到你发现自己也跟着他一起笑。似乎太快了，你很快就念完了。

“这样就够了吗？”他问道。

“我想是这样。”你最后一次思考，直到你意识到，其实还有一件事。但你走错了队列。你匆匆忙忙地回到投诉台，领队旅客亲切地让你插队。

“你还是要投诉。”梅里亚姆有点伤感地说。

“就一个，”你向她保证，“没有人告诉我，在人生的旅途中，我没有什么可抱怨的，因为有那么多的事情要赞美。”

梅里亚姆给你一个亲切而又怀疑的眼神。“你确定吗？”

艾略特
(2001)

最终迫使我从桥上走下去的，既不是聚集的黑暗，也不是越来越深的寒意。这些失败的刺激只能到达认识层面。我知道当太阳不再照耀地球表面时就是普遍承认的黑夜，当我周围的空气分子摆动得比较慢的时候，叫作寒冷。这些东西我都知道，但是我感觉不到它们的存在。

不，促使我走向岸边的是害怕丽塔警察回来，害怕她又开始问问题。难以回答的问题，比如“你的朋友在哪里”？或者“你好吗”？我还能怎么回答她？我的虚情假意都用完了，真相听上去一如既往不太现实。他倒下了。他不曾在这里。他飞跃了。我，也有飞跃。只是我还不知道。

最有可能的是，我什么也不会说。我已经陷入了一种麻木，空旷的静止。我的胃里不再有铅质的重量，我的双腿也不再颤抖，我向南朝着曼哈顿中心地带走去。已经过了午夜。街道上除了散落的灵魂——不安宁的、不安分的、失落的、迷茫的人，其他的人都在沉睡。他们的喧嚣使人们对这个城市以不眠不休著称这一点深信不疑。这是个谎言。纽约是会睡觉的，它只是在做噩梦——当时间太过短暂，噩梦醒来后，只是一个看上去像是活的世界。

我不知道自己回到办公室的时候已经是几点了。黑夜也许只是一个过客的影子，但这次的黑暗似乎不一样，超脱于时间之外观察着一切。当我走过冷清的走廊，打开我和马特办公室的灯时，时间似乎也不曾流逝。好像有人把所有的时钟都偷走了一样。我走到办公桌后面，盯着电脑灰暗、毫无生气的屏幕。我就这样静静地看着它。从书桌最下面的抽屉里拿出了商业手册。笔记本拿在手里异常轻盈，与我曾经在上面花费的重重的心思不成正比。斑驳的黑白封面，让人想起了旧的作文本，不谙世事的心写下幼稚的话语，希望能够从这个世界得到一些意义。

当我转身向门外走去时，看见了迪恩给我的那支雪茄，为一个骗局准备的贿赂。我拿起雪茄离开了，走的时候把灯关了。穿过一个又一个走廊，终于到了迪恩的办公室，他的电脑屏保光照亮了整个房间——宽敞、私密、装修别致，窗户可以俯瞰下面宽阔的大道，跟我的办公室完全不一样。我在他的办公桌前坐下来，欣赏着这里的风景，尝试感受这里的视角，试图想象我的哥哥是什么样子。我做不到。他和他的世界对我来说就像深海海底一样陌生。当然了，我才是这里的陌生人。

虽然迪恩整晚都开着电脑，但他不怎么用。相反，他的办公桌上放着一叠马尼拉文件夹，每个客户都有一个。比我记忆中的要少，证实了马特的说法，迪恩客户的伤亡真的不少。萨切尔的文件夹就在这些幸存者中，至少现在是这样。里面是迪恩的笔记，虽然热情洋溢，但很不连贯，还有为萨切尔的投资人准备的介绍会文件，其中有违规的财务报表。

迪恩的要求，真的很容易。打开电脑，打开文件。改两个数字，这里一个，那里一个，就可以了。会有人知道吗？可能不会。萨切尔究竟是一月挣的钱还是十二月挣的，真的有什么区别吗？

还是说“年终”完全是一种强制性的时间划分，最初纯属是人为的规定？不，是的，是的。如果我做出这样的改变，真的会对投资者造成伤害吗？比起我不改，会有更多的员工失去工作？我不可能知道，别人也不可能知道，但这不是重点。我不能为了改变他们的命运而操纵游戏，也不能为了迪恩这样做。

我合上了文件，从一个骷髅头形的笔架上拿起一支红色记号笔。我在文件夹正面大大地写下了临别赠言，简单明了以便哥哥能明白——“我不干了”。我将记号笔丢回骷髅头，站起来准备离开，但鲜红的文字却阻止了我。我意识到，这将是我的遗言，不仅是对迪恩，也是对父母的遗言，这不是我的本意。我找来一张新的纸。有一段时间，我只是盯着它看，它的空白是另一个我没有答案的问题。言语又怎么能满足于告别呢？我从骷髅头里拿出另一支笔，不是厚重的红色记号笔，而是圆珠笔，在我给父母留下需要他们知道的信息时，划出一条细细的蓝线。“对不起。”我写道。然后，想起我母亲那句老生常谈的感谢，我给他们留下了他们应该听到的信息。“谢谢你”。

我写了一个信封，贴上邮票，把纸条封在里面。在迪恩办公桌最上面的抽屉里，我找到了一个丁烷打火机，这些东西我都带走了，还有商业手册和最后一支雪茄。办公室里的其他东西，我都留下了。除了波拉波拉岛，没有什么东西会让我怀念，但那从来都不是真的。

外面，市中心宽阔的林荫道仍在梦境般的停滞中悬浮着。我向南走到字母城的狭窄街道上，那个吞噬了诺劳枪支的邮筒也慷慨地接受了我的最后一封信。在班诺尔公寓附近的公园里，一个阴暗的角落里有一个打开的垃圾桶，里面装满了报纸和垃圾。我把迪恩的打火机按在纸片上，旋转着打火机的火石轮，整堆纸片燃烧起来，火焰舔着容器的铁丝网。我没有任何仪式，把商业手册扔进了火堆里。脱水的书页变黑、卷曲。

当我举起雪茄准备把它扔进去的时候，一个衣衫不整的男人从黑暗中一瘸一拐地走了出来，加入我的篝火。他脏兮兮的衣服昭示着流浪街头的生活——毛线帽和手套满是破洞，厚靴子，一件厚大衣叠加在另一件大衣上。

他说："暖和。"说着他凑近了火堆。

我点点头。

"要抽这个吗？"他看了看雪茄，问道。

我摇了摇头，递给他。"你抽吧。"

"谢谢。"他把脸对着火苗，灵巧地点燃雪茄，连眉毛都没动。

"是古巴的。"我告诉他。

他的眼睛闭上了。他把雪茄抽了很久。"可不是嘛。"

班诺尔的公寓和我记忆中的一样——昏暗，灰暗，墙上写满了愤怒的文字，一直到五楼，受班诺尔的影响，这里干净整洁，光线充足。他公寓的门一推就开，不知怎么我就是知道。他有什么别人想要的东西？一块墨西哥地毯，一个凹陷的茶壶，一张曾经的家庭照片。

除了照片之外，没有遗书，也没有其他任何东西可以证明班诺尔曾经住在这里。穿着蓝色裙子的小女孩依然面带微笑。我忽然想到，很多年前，在布朗克斯动物园的一个阳光明媚的日子里，她总是面带微笑。我想这里面肯定有什么教训，关于时间和真实的本质，但我不知道。

我从冰箱上取下那张照片，放进口袋里。告别了班诺尔，没有留下任何痕迹，我打开窗户，爬出了消防梯。和以前一样，班诺尔公寓后面的院子里一片荒凉，楼房依旧固执地背对着对方。我下了一层楼，蹲在诺劳的窗外。窗内是一片黑暗和寂静，当我试图推开时，它不再屈服。只有当我打破玻璃后，我才注意到窗框附近有一个闪亮的新塑料传感器。虽然没有警笛声响起，但我猜无声警报器被触发了。显然，诺劳已经学会了如何对付抢劫。

里面还有其他迹象显示出诺劳小心谨慎的新习惯。虽然房间里依然是脏乱差，但厨房的桌子上已经没有了现金和白色粉末。前门除了常规的锁，还有两把新的滑门闩，我把它换到了关闭的位置。最重要的是，这里没有枪。虽然我毫不怀疑诺劳把我偷来的枪换掉了，但他并没有把新的枪放在身边。相反，一个沉重的保险箱现在占据了卧室壁橱的一半，足够放一两把手枪了。第二次搜查公寓时，和第一次一样空无一人，但我在水槽下找到了一根撬棍，这可能正是我想要的东西。

这是个毒贩子的保险柜，安全性应该不低，也许跟银行或赌场的保险柜差不多。我的第一个念头是撬开门，但我连撬棍都无法插进门缝里。我挥舞着铁棍猛击，每一击都会在公寓里发出震耳欲聋的响声，我的手臂上也会产生震颤，但保险柜的钢板甚至连个刮痕都没有。

徒劳无功的努力，让我彻底失去理智，我本以为已经没有什么东西可以让我崩溃了。像是一种情感死亡的震动，最后一丝我感觉不到的愤怒，就好像与我分离，保持一段距离进行观察。我的肌肉收紧，身体在公寓里摇摇欲坠。我的手臂一次又一次地用撬棍砸出，砸碎了壁橱的门，砸碎了床头的镜面天花板，砸碎了卧室里的宽屏电视，砸碎了客厅，砸碎了厨房。水槽里的脏盘子被打成碎片，蟑螂四处乱窜躲避。厨房的桌子被劈成两半，椅子也被劈成了碎片。

一阵沉重的撞击声在我的耳边响起，我以为是自己的心跳，最终我才意识到那是从公寓外的走廊传来的。前门在冲击力的作用下颤抖起来，咒骂声证实是诺劳回来了。他一次又一次地扑向大门，新的滑梯螺栓在冲击下呻吟着。我根本不考虑逃跑的问题。诺劳的凶狠行径激发了我身上的某种情绪，我紧握着铁棍，向门外走去。

人们在结束生命前的最后时刻所做的事情很奇怪，也很多样。人们可能会得出这样的结论：自杀，鉴于其独特的目标和结果，最终是由一种独特的情绪状态引起的，这种情绪状态会促使每个人在死之前采取同样的行动。然而，事实证明，任何事情都有可能成为最后的欢呼。当然，也有一些人写遗书，或者给亲人打电话告别。然而，同样地，他们也经常吃饭，喂猫，或倒垃圾。每一种行为都能够自恰。在我看来，没有比在毒贩子谋杀你之前杀了他更恰到好处。就像老话说的一样，离开时，把这个世界变得比你来时更好一点。

门在诺劳的撞击下晃动着，滑门螺栓固执地不肯屈服，直到身体的撞击变成了更响亮的撞击声。靠近门锁的地方出现了一个弹孔。我期待诺劳从洞眼里探出头来，但他又迅速地开了三枪。第一把锁投降了，松松地挂在裂开的门梃上。我正为第二把锁的失败做着准备，但远处的街道上突然响起了刺耳的警笛声。声音很大，而且很多，越来越近。诺劳肯定觉得在原地等着不是什么好主意。枪声停了下来。诺劳不甘心地骂了一句之后，脚步声循着楼梯越来越远，他撤退了。

怒火从体内涌出，不请自来，也不离不弃。这里已经没有人可以宣泄我的愤怒。只有一片空地，一片空白，虚弱地附着在人的框架上。我沾满血迹的手指放下撬棍，解开滑门闩。门歪歪斜斜地打开，露出了一个空荡荡的走廊，除了少数几个弹壳和木片，其他地方都是空的。楼梯间、阴暗的门厅和街道上都没有人。警笛声已经无声无息。我甚至不确定自己是否听到了警报声，也不确定是否真的有警报声，或者说，我根本就没有上过楼。我可以检查口袋里有没有班诺尔的照片，但我没有。这并不重要。我走到了外面——空旷，不存在，一片黑夜中的夜色。

没有枪。没有扳机可扣。没有按钮可按，只有一条路可以走……跟随班诺尔的脚步。很简单，只是我的身体不会从乔治·华盛顿大桥或其他任何一座桥上往下跳。我知道这一点，因为在班诺尔跳下去之后，我站在栏杆前，往下看了很久。当我意识到他没有回来的时候，我下定决心跟着他跳下去。我的四肢拒绝了，头骨深处某种根深蒂固的潜意识坚持认为桥是危险的，不能跳下去。但这种脑回路是不完整的，有缺陷的。可以绕开。我知道至少一个安全的高地，可以从那里跳下去，或许只是因为我已经想象过无数次了。

我向南走，来到两座桥之间的河边。在人行道上，在一个熟悉的砖砌外墙旁，一个由烟头组成的微缩小山丘标志着一个我熟悉的消防梯。我从街角拖出一个垃圾桶，踩着它爬到最下面的梯子上，顺着铁质台阶往上爬，绕过昏暗的窗户，然后绕过低矮的栏杆上了屋顶。一阵微风从断裂的柏油路上吹过，风中似乎有人在说话。

我想，这片树林已经不属于他了。除了我，这里没有人了。

地平线上的灯光。无穷无尽的细碎的点点，像蜡烛一样。在我们之间的是黑暗的水面，两边的小桥的光亮把我们隔开了，它们的跨度燃烧着红白相间的脉络。发着光的丝线在桥之间的沟壑中穿行。幽灵船，驶向远方，一去不复返。它们是出路，这里是出发点，最后的停靠港，我早就不受欢迎了。

也许，我们已经到了另一个世界了。

我走到屋顶的边端，然后后退拉开距离，留出足够的助跑空间。从这里，我不会掉下去的。从这里，我只能飞翔。

从前，在永恒之境，有一个巨人，他有一颗巨大的心。

风死了。幽灵船保持着前进的队伍，等待着。巨大的平静降临在生命的边缘，停滞在世界的交界处。

踏入光明，让我看清你的样子。

但这种平衡是脆弱的。屋顶边缘的一丝涟漪，打乱了这静止的宁静。是一只鸟吧？直到影子渐渐长大，升起，仿佛在烛光里挖出一个洞。那舞动的树荫，或许是我的青春，来送行。或者是摆渡人，在寻找他的过路费。我默默地看着那道身影越过栏杆，越过栏杆，飘移到黑漆漆的柏油地中央，它看着我，说话了。

“你受伤了吗？”

没有。是的。我不知道。

“你的衣服上有血迹。”

我低头看了看。我为什么要穿西服？尸体穿的是西服。记忆中的枪声让我怀疑自己是不是中枪了。但不是的，血是我手掌指关节上深深的伤痕。我不是一具尸体。而在我对面的幽灵既不是鸟，也不是树荫，也不是收费员，而是一个我认得的女孩，一个黑眼睛黑头发的年轻女人。她似乎有种天赋，总能在我一天最要命的时刻出现。不过，这一次，班诺尔不可能给她打电话。而且，这一次，拿着枪的不是我，而是她。

“这是要干什么？”我问道。

“我听到有人说话了。”萨莎说，“在消防通道上。我不确定是不是你。”她把枪放下，放在脚边。一丝曙光微微照亮东方的天空。我刚能辨认出枪的枪柄和枪管，认出那是我从诺劳那里偷来的左轮手枪。“总之，这是你的，”她说，“我很抱歉，我拿了它。”

“我要用它来自杀，你还感到抱歉吗？”

“是的。”

“你说这是自私的。”

“是的，”她说，“我想阻止你也是自私的。”

在上升的光线下，萨莎的身材变得更加丰满。她赤着脚，穿着背心上衣和宽松的睡衣裤，仿佛她还在床上睡觉，而我们在做着同一个梦。

“我正想从你的屋顶上跳下去。”我说。

萨莎的嘴角扭动着，露出一种我无法完全解开的诡异表情。“你以为你能从这里跳到河里去？”

记忆中的雨、烟，还有像回旋镖一样被发射到黑夜里的软盘出现在脑海里。“我需要助跑的空间。”

“我又写了一部。”萨莎说。

“又写了一部小说？”

她点了点头。

“我一直希望你能继续写，”我告诉她，“你寄给哪家出版社了吗？”

她摇了摇头。“我不打算发表了。”

“那大家怎么能看得到？”

“什么人？”

“你知道的。”我说，但我耸了耸肩，因为我不确定自己是否了解自己。“这个世界。”

“我不是为这个世界写的。”

我点点头。这听起来很不错。非常完美，真的。她可是在公共话语领域里播种密码信息的女人，隐藏在众目睽睽之下，没有人知道。除了我，没有人知道。

“讲了什么故事？”

“你还记得那个研究项目吗？”萨莎问道，“一个牧师、一个道士和一个神经科医生走进酒吧？”

“我还以为你在策划自杀呢。”

“不，”她说，“我曾经想过，但你说服我不要那样做。”

“我不记得自己做过那样的事。”

“我们第一次见面的那晚，你告诉我跳舞的怪物、有意识的树、巨人，还有另外一个世界。是你让我知道，假装看到不存在的东西是可以的，我不是唯一一个跟别人不一样的人。如果生活对你来说没有一点怪异，那就是你看得不够仔细。”在我看来，那是蟋蟀的声音。“我意识到，如果像你这样的人有时候也很不开心，那么有时候很不开心也没什么问题。”

我拖着脚步走过柏油房顶。“你说过你不相信永恒之境。”

“也许只是我的叫法不一样。”

怜悯是危险的。当你只剩下变成一个空的容器，一个黑洞，对生活的打击——孤独，迷茫，深刻的失望，愤怒——免疫的时候，一句善意的话就能戳破平衡，把你的心撕开，迫使你再次承受存在的重创。

“很痛。”我说。

“我很抱歉，”萨莎说，“我帮不了你，也许你自己也帮不了自己。我想，有时候痛是应该的。”她的眼睛开始闪闪发亮。“如果你需要离开，我理解。”光芒聚集，集中起来，无声无息地滴落在她的脸颊上。“只是，我写了一本书，”她说，“它什么都不是，真的。只是一堆文字而已。但我很想知道你对这本书的看法，我想知道，你愿意读一读吗？或者说，真的，做什么都可以吗？在你走之前？”

随着萨莎的话，急促的疼痛加剧了。我的目光移到左轮手枪上。太阳已经认真地升起了，枪管和枪身圆柱体的粗犷线条不再模糊不清，而生活似乎还是一如既往的阴暗。也许，我会一直感到迷失，有些格格不入。也许正如萨莎所说，有时候心痛是对的，生活永远是一个我没有答案的问题。

然而，在这个世界边缘的平静中，我却发现，我不需要答案。在这一刻，我没有义务去评判自己的生命，去判断它是好的，还是坏的，或者说是值得努力的。在这一刻，只有一个问题需要我回答，一个我有答案的问题。

“是的，”我说，“我非常想读。”

在未来

班诺尔说，在未来，什么都有药丸。

这没什么奇怪的。

令人惊讶的是，药丸居然管用。根据科学家们的说法，这只是时间的问题。他们说，身体本质上就是一个电气化的皮囊，里面装满了化学物质、细菌、古细菌、真菌、原生生物、病毒和其他微生物的复杂混合物。虽然离破译人类微生物群的全部内容还有好几个世纪，但科学家们已经走了很长的路。事实上，已经走得足够远了，以至于能够炮制出生化药水并且包装成易于吞咽的药丸，以缓解任何疾病。

当然，到了这个时候，未来医学的奇迹已经根除了大多数纯物理性的疾病（无论是疾病本身，还是一些神秘的症状）。不过即便如此，一些人体根深蒂固的缺陷还是难以克服，而且大部分都是显现的。比如说，十几岁时的青春痘，或者晚年的白发和皱纹，位置不理想的酒窝，高纤维饮食造成的臭气熏天。现在只要每周吃一粒胶囊就能解决所有的问题了，甚至没有任何副作用。

市场蓬勃发展。药丸制造商的财富飙升。然而，真正的财富是预防情感上的疼痛。公众的头号敌人，也是第一种情绪，是悲伤。这种可敬的人类祸害，追求幸福的阻碍，悲剧本身的支柱，只要一杯果汁和一粒黄色的小药丸就可以轻易消除（事实上，这粒药丸不但不小，还是所有情绪抑制剂中最大的，科学家只能把它缩到腰果那么大）。该药片取得成功后，制造商们迅速宣布了一连串的变种。他们宣称，悲伤有多种口味，它的补救措施也是如此。悲伤、痛苦、心碎、绝望？都被征服了。

于是制造商把目光转向了其他的心魔——如愤怒、内疚和孤独这些最浪费心理治疗时间的情绪，还有无聊、羞涩和厌恶这些没那么严重的。所有令人不舒服的情绪都值得同样的关注。人们甚至开始创造新的情绪，或者至少是为旧的情绪贴上新的标签。这些情绪一直难以定义，但现在可以像其他情绪一样被制服。(有人说，为了卖出更多的情绪抑制剂，制造商们自己也做了大部分的创造工作。）渴望回到别人的过去？这叫作“代理念旧”。有一种药片可以解决这个问题。暗中嫉妒你的猫咪的自我清洁能力？这是病，也有一种药丸可以解决这个问题。

用药的方法各不相同。有些人选择了预防性的方法——小剂量但稳定的定期服用，以避免哪怕是最轻微的不受欢迎的情绪出现。另一些人则更倾向于采取一种更缓和的方法——只在症状出现时服用药丸，或可能出现症状时服用（绩效考核、婚礼、周一早晨）。

结果是可以预见的。微笑多了，眼泪少了。到处是笑声，尖叫和争吵不见了。击掌、热烈的拥抱和其他自发的亲热行为明显增加。监狱人口减少了，其次是监狱的数量也减少了——这个统计数字很快被归因于抑制愤怒和仇恨。总的来说，暴力事件急剧减少(拳击在世界上最受欢迎的运动项目排名中垫底，而花样游泳则跃居前十名)。

所有这些都使人们的生活明显变得不那么令人不快——在一些人的心目中，这并不等同于更加愉快。为了捍卫他们的反面观点，他们指出了自杀率。尽管情绪抑制剂的效果很好，但令科学家们惊愕的是，自杀的数量和频率并没有减少。直到另一种药丸的出现。那是一种用于对付恐惧的药丸。

发明恐惧药丸已经有很长的时间了，主要是由于围绕着它的争议很多，以及对可能发生的后果的恐惧。与悲伤（许多人认为没有必要）和愤怒（通常被认为是弊大于利）不同的是，恐惧被认为是生的必要条件，或者说至少是避免死亡的必要条件。如果没有恐惧，人们怎么知道乱穿火车轨道、不戴头盔骑自行车等很多事都会把自己置于危险之中？即使是在不那么重要的事情上，也要考虑到人们可能会停止做有益的事。如果他们不再惧怕不作为的后果，他们还会去做功课吗？按期完工？吃蔬菜？

事实证明，答案是肯定的（家长和菜农们松了一口气），人类行为不是被害怕不好的后果（生病、被老师责骂）所驱使，而是被美好的愿望（健康、学习）所激励。现在让人类们远离火车轨道的是对生活的渴望，而不是不想死的恐惧。有人说，正是这种动机的革命，使自杀率突然急剧下降。也有人说是恐惧感本身的消除。无论哪种说法，一旦恐惧药丸进入市场，人们就不再想自杀了。

这并不是说他们更快乐了。事实上，悲伤在未来的日子里还是一如既往地普遍存在。愤怒，孤独，以及其他所有难受的情绪也是如此。如果科学家们认为消除自杀就一定意味着每个人都会一直幸福，那他们就错了。不仅如此，那些服用药丸来消灭恐惧的人无一例外地停止服用其他的情绪抑制剂。这种趋势不仅让科学家们困惑不已，也让制造商们陷入了彻底的恐慌。全球范围内的药丸销售量已经下滑，再多的营销手段似乎也无法让它们重获生机。为了挽救利润，制造商们甚至召开了焦点小组会议，试图弄清楚到底发生了什么事。

“你为什么停止服用药丸？”他们问，“你喜欢悲伤的感觉吗？你喜欢生气吗？”

“不。”众人说，“当然不是。”

“那你们为什么会选择体验这些东西呢？”制造商集体问道。

“因为我们不再害怕体验这些情绪了。”

艾略特

(2018)

拳头一样的黑云与明亮的蓝天搏斗。这是一场精彩的战斗，一场公平的战斗——天空又高冷刺眼，云层深邃多变，云天相接处被镀上了一层金，仿佛被冲突激起的火焰。天空说：我永远都在这里。云宣誓：我们永远不会停止。前线逼近，然后撤退，在原地翻滚，然后再前进。我不知道云和天空为什么是动态的。这里的空气是静止的，世界在冬日的心底是寂静的。在我们小屋后面的山丘上，我看着那场混战。我已经四十六岁了。我仰面躺在雪地上。

冰面上传来一阵阵隆隆声，不是雷声，是小屋后面的推拉玻璃门打开的声音。我不需要转头就知道，萨莎站在门口，享受着阵阵冰冷的空气，却不愿意踏入其中。她眼睛扫视着白色的山丘、树木、光秃秃的树枝，就像巨大的蜘蛛网一样，然后在山丘顶端我的身上停留。她嘴角露出一丝微笑，头可能会微微摇动，但她既不要求也不请求我进屋取暖。她知道我最终会进来，或者说，她希望我进来，如果我不进来，她也会理解。

她打开门，只是为了安抚一个身材矮小、有点儿霸道的法国-墨西哥吉娃娃。亨利现在老了，和以前一样讨厌雪，但它知道如果它愿意，可以选择加入我的队伍。如果是一年中的其他季节，它都会这么做。春天的时候，它通常会去追赶一只得罪了它的大黄蜂。秋天，跑去追赶同一片同样在风中飞舞的树叶。在漫长炎热的夏天，它满足地蜷缩在我的腿上，警惕着任何一丝不经它同意就来临的暴风雨。但现在，在枯萎的二月，当大地被冰冷的白霜覆盖的时候，它留我独自一个人思绪万千。萨莎耐心地等待着，它考虑了一下自己的选项，发出一声短促的嘘声，然后小跑着回到沙发上，推拉玻璃门又轰隆隆地关上了。

在亨利考虑的时间里，云层已经赢得了一天的胜利。从地平线到水平面，灰色的天幕低垂着，沉重地笼罩着一个半亮的世界。这片无边无际、沉重的东西似乎要塌陷下去，吞噬一切——我内心隐隐有点希望这样。我想象着它压在我那不安分的骨头上，直到它们最终屈服，像是融化在铅液中甚至消失了。我花了很长时间才意识到，这种遐想不是病态的，是一种情感交融，不是我小时候那个医生告诉我的那样——想死。我知道这一点，因为直到现在，我还是有想死的时候。

这并不奇怪，至少对我来说是如此。多年前，班诺尔死的那个晚上，我并没有从萨莎的屋顶上爬下来，以为自己战胜了空虚。我当时没有想太多，只想读萨莎的小说——当她把小说装在一个用绳子绑着的蓝色文件夹里递给我的时候，我想从珍妮弗的公寓里拿回我的东西(从始至终都是珍妮弗的公寓)。

“我的东西”最后只剩下一箱衣服和亨利。我让它在银杏树下拉了最后一次艺术性的大便，然后把他塞进我的胳膊下，坐上了前往康涅狄格州的火车。虽然我很痛苦，但我没有什么选择，只能证实迪恩的说法，如果没有他帮我找到的工作，我将和父母一起生活。他们很慷慨地收留了我，没有明目张胆地批评我，也没有质疑我失去工作的事情，也没有质疑珍妮弗——没有质疑任何事情。

二十九岁时搬回家，即使是暂时性的，也不是很理想。然而，它确实避免了财务危机，让我能够快刀斩乱麻地离开珍妮弗。我原本还能截获自己当时写给父母的遗书，但是那天邮递员来的时候我睡过头了。最终在厨房的垃圾桶里发现了那张已经被撕成碎片的遗书。母亲显然已经决定在我父亲回家之前销毁证据。我等着她和我对质，纠结着是否应该由我来提出这个问题。焦虑的两个星期过去了，我终于鼓起了勇气。

“妈妈，我一直想和你谈谈那封信的事。”

我们在客厅里分享着报纸，她担心当地的政治问题，我则在分类广告上找工作。我一说完，她就放下报纸站起来。

“你饿了吗？”她欢快地说。

此时已是傍晚，还没到晚饭时间。父亲还在鞋店上班。“要不要等爸爸？”

“他不会介意的。”她开始把松散的报纸一页一页地整整齐齐地叠放在桌子的一边，开始理顺报纸上的字迹。

“关于信的事——”

“那已经过去了。”她说，语速加快，眼睛向下投去。她继续折着报纸，直到褶皱看起来锋利得足以划破玻璃。“你不用道歉，艾略特。你哥哥不会有事的，我们也没指望你能永远做那份工作。我们知道你很感激。”她朝厨房快步走去。“做点早餐的三剑客怎么样？”

在我们家，三剑客意味着培根、鸡蛋和煎饼，这是我最喜欢的一种早餐，在家里，早餐当晚餐，是我最喜欢的一种晚餐。母亲当然比谁都清楚这一点。我相信她也知道这封信的真相，她会给我做一千份早餐当晚餐，然后才会说起这件事。如果你运气好，别人会用他们知道的方式来爱你。

“当然，妈妈，”我说，“太棒了。”

父亲回到家时，这个话题已经结束讨论，而我的第二份培根也吃了一半。不幸的是，广告页促使他又增加了一个让人不舒服的话题。

“找工作进展如何了？”

“没什么进展，”我说，“经济摇摇欲坠，每个人都在缩减开支。”

他点了点头。“对于企业主来说，现在是个可怕的时代。他们正好需要一个好的顾问。也许这就是你的机会。”

我的目光从盘子上移开，确定父亲是在跟我说话。很多年前，当我第一次提起成立自己的咨询公司时，他告诉我，我什么都不懂。我无疑学到了很多东西，即使商业手册早已烧成了一堆灰烬。

“我没有任何资本。”

“你需要什么样的资本？你做咨询业务。你有大脑，能够组织语言。我们的书房里有电脑。别人没有必要知道你只是暂时在父母的房子里工作。”

“谢谢你，爸爸，但我不相信胆小的企业家们愿意为了我的大脑和语言而付钱。”

“企业家从来不认为他们需要咨询，即使事实相反。但他们知道自己需要一个好的会计。”

我的心一下子沉了下来，培根在我的嘴里失去了味道。“我希望能做更多的事。”

“你会的，”我父亲说，“时间长了，你会成为别人信任的理想顾问。只是不要告诉他们支付的是咨询费。做他们的顾问，但要假装你只是他们的会计。”

爸爸提出的建议让我愣在原地。首先，我认为这是可行的。其次，我的父亲——我所认识的最理性、最务实、最冷静的人——刚刚让我假装。

所以我就这么做了。我的第一个客户是高中时认识的，她刚开了一家面包店（我心里称她为面包师劳拉）。她不但付我现金，还送给我几乎一样多的可颂面包。但这只是个开始（可颂包很好吃）。我把她的账目整理得井井有条，教她小企业财务的基本知识，并让她明白了遵守会计规则的重要性，比如我应该把可颂面包列为可报税的收入（但我没有这样做）。

面包师劳拉慷慨大方，心存感激，最终把我推荐给了第二个客户，然后是第三个客户。我的工作流程稳步发展，但也很缓慢。整个夏天，我都是这样度过的。我把空闲的时间都用来完善经营方式，或者去城里看望萨莎。星期六，我继续在鞋店帮父亲干活，直到秋天，当我们把当天不需要的鞋子重新上架后，他宣布迪恩失业了。

“整个公司都倒闭了，”我父亲说，“我想是因为大部分客户都是互联网公司的。”

“很遗憾。”我真的感到很遗憾，尽管我已经预料到了（或者说马特已经预料到了），尽管我和迪恩在我辞职后还没有说过话。有一瞬间我很想知道迪恩是怎么给萨切尔做的账，但想了想决定我并不在乎。

“我告诉他，他可以在店里工作，”我父亲说，“也许有一天甚至可以管理好它，假设他努力工作、专心致志的话。我年纪大了，不能每天都在这里，尤其是星期六。”

我很生气。当然，我当然生气了。别开玩笑了。当时我要求来店里全职工作的时候，我父亲是这样跟我说的。现在他又让迪恩来店里工作？来接替他？迪恩认为实体店已经死了，我想告诉我父亲。但我没有告诉他。事实是，我知道迪恩会做得很好，而我也不愿意放弃自己的生意。不过，我还是会怀念周六在鞋店度过的日子。

“听起来是个好主意，爸爸。”

“我很高兴你这么想，”我父亲说，“因为我告诉迪恩，他来管理生意有一个条件。”

“什么条件？”

“他请你做顾问。”

“干得漂亮，尚斯爸爸，手段高明，”我告诉萨莎之后她说，“直接从抗议的风帆上抢走了风。”

“我想他不是那个意思。”我说。

“是的，”她说，“我只是在开玩笑。”她吸了一口烟，伸开双腿。我们坐在她的消防梯上，背对着窗户，腿上盖着一条毯子，抵挡着深秋的寒意。“对不起，艾略特。”

“没关系。反正我应该专注于我自己的事情。和父母一起生活的日子我已经受够了，当然我很感激他们。”

萨莎点了点头。“我也受够了消防梯。”她说，往上拉了拉毯子。“不是说我不感激他们。我们应该搬到北方去。”

我看着她黑色的眼睛像往常一样闪着戏谑的神情，但如果我没看错的话，也有一丝脆弱。“谁？”我问道，“我们？”

“是啊，我和你，在有树的地方——还有雷雨的地方。”

雷雨。没有多少人追求雷雨（如果你真的很幸运的话……），我想说我在那一刻爱上了萨莎，但事实并不是这样。也许就是在那一刻，我意识到自己早已经爱上了她。但我不会把这叫作陷入爱情，好像从悬崖上掉下去，或者是不小心跌倒的结果。这更像是从一个平缓的山坡上滚落下来，就像童年的夏天。我和萨莎相伴的想法似乎就像地心引力一样自然而然，但是也很容易被忽视，尽管这种可能性一直都在。

“好啊。”我认真地说。一个微笑浮现在我的脸上，渐渐变大，直到我开始觉得有点傻。“还有蟋蟀。”我补充说。

萨莎笑了起来。“或者至少有吱吱作响的暖气片。”

物理学家们说，我们永远不可能真正接触到对方。皮肤原子空白的构成比实体物质都要多，原子核远离外缘（其实并不是真正的外缘），按比例占据了最多的空间。实体接触的外观只是一种假象。即便如此，我吻了萨莎，一直吻着她，直到我再也分不清我的电子在哪里结束，她的电子在哪里开始。

如果我消失了一两秒，那又怎样。

我们真的搬到了北方，萨莎和我住进了一间小房子，我们亲切地称之为“小屋”。这里有树，有蟋蟀，还有后面的山丘，我们可以在那里看闪闪发光的夜空，就像布鲁克林的灯光一样，只不过现在身处更宽阔、更黑暗的海面上。

我在镇上有一间办公室，虽然我的客户比较远，从纽约到波士顿，分散在新英格兰各地。在虚拟的世界里，远距离提供建议和会计服务是很容易的，但我偶尔会强迫自己上路，亲自与客户见面，以免自己变得太不现实。当这些旅行把我带到曼哈顿时，萨莎有时会和我一起去，我们一定要在东河边的某个空旷的消防梯上找一个空着的地方，看着船在面前驶过。

我们也会拜访面包师劳拉的六家分店之一，她为我们长期提供免费的可颂面包（劳拉现在仍是以现金支付）。迪恩也是我的客户，他已经开了三家店。自从父亲退休后，迪恩在经营生意方面做得很好，他每周都会打电话来问我一个关于库存或广告之类的问题，比我预期的要频繁，也可能他只是想和他的弟弟说说话。他已经结婚了，有两个儿子，他们对叔叔的爱超过了我的期望。一个是天生的户外运动家，另一个是崭露头角的音乐家，证明了儿子不一定就不如爸爸。

萨莎仍在为广告写文案，不过是在家兼职，而且只为她相信或者至少不讨厌的产品写。她凭借着自己的优秀作品，多次获得雇主的认可，因此有了选择的余地。而他们不知道的是，她还在广告中不断地投放谜语，不过现在的字谜很少有颠覆性的，除非“爱”算是颠覆性的，仔细想想也许有一点吧。她还是六年级语言代课老师，她教的第一课就是“代课”并不意味着“低级”。

我曾多次试图改变萨莎的想法，但她始终没有出版自己的小说。我终于让人印制了一本，并装订成优雅的册子，以至于她原谅了我的冒失。这本薄薄的书卷在我们家客厅的书架上占据了一个不显眼的位置，旁边是班诺尔和他家人的照片，我把它装裱起来，好让我偶尔能看上一眼。萨莎唯一的读者也是她真正的粉丝，因此这本书总是无法安详地靠在书架上，不止一个晚上它都要与亨利争夺我大腿的位置和注意力。

就是在这样的一个晚上，我向萨莎求婚了。亨利打了一个大大的喷嚏，把我从书中惊醒，我抬起头来，看到萨莎依偎在填字游戏上。她最近剪了头发，难得的晒伤把她的五官染上了颜色，就在一瞬间，我看到了一个陌生人。当我再次认出她的时候，我的皮肤上涌起了一股红潮，我起初以为是在山里爬了一天山的疲惫。过了一会儿，不知怎的，我才意识到那是一种幸福的感觉。没过片刻，我就知道自己想留住它。

萨莎对我的提议皱了皱眉头。“为什么？”她问道。

“我不想失去你。”

“我们会失去了一切，”她轻声说道，“最终都会失去的。或者说，一切失去了我们。”

这不是威胁，也不是暗示。她也不是在争论。她只是……提出了一个想法，并邀请我一起探索，就像探索森林里一条我们从未走过的路。我不知道该说什么，只得同意了。我想到了艾瑟尔，想到了班诺尔，想到了大学里的艾米，想到了四角诗人，想到了其他的人，想到了漂流到我生命中的每一个人。尽管如此，萨莎的回答并不是真正的答案。

“所以回答是不吗？”我问道。

“萨莎·尚斯，”她大声说，似乎是在试穿尺寸，“只是听起来有点好笑，你不觉得吗？”

“你不需要改名字。”

她恳切地看着我。“我不想束缚你。”

“我不介意。”

“不是为了你，”她说，“是为了我，你回家是因为你想要回来，没有其他任何理由，在那一刻，我觉得自己很幸运，很荣幸，很幸福。我不想放弃这种感觉。”

抢夺抗议风帆的风。“很公平。”我说。

“我很自私。”她承认道。

“不，我明白了。我也觉得自己很幸运，很荣幸，也很幸福。”

我也是……有时候，常常是。这很好，这样的生活。对吗？谁都能看出这是很好的。这样的生活里充满爱和陪伴，欢笑和目的。

然而，并不是。充实，没错。空虚感一直存在，有时微不足道，我几乎没有察觉到它，其他时候就像我的胸膛里的沟壑一样不断扩大，吸吮着我的肋骨，威胁着要把我从里到外吞掉。我不知道为什么。我也不确定是否有原因。不是说生活中缺乏想让你逃脱的理由，但这些理由真的是原因吗？难道生活不也有无数的理由让你想留下吗？这种算数超出了我的理解范围，我究竟是如何处理的自己也不知道，只是定期得出一个简单的答案，这个答案并不总是相同。

这个答案甚至并不总是一致的。我花了很多时间盯着我的情绪正弦波的低谷，寻找模式。据我所知，没有任何规律。有时，空虚似乎来自我的内心深处。有时候，它似乎潜伏在人与人之间的空间里，与我们本质上的分离性有着千丝万缕的联系——不管你能不能感知得到。当你从起跑线滚到一边的时候，不能总是期待别人也跟着你这样做(比如说萨莎，她宁戳瞎自己的眼睛，也不会躺在雪地里)。

我做过一个这样的梦。

我是萨莎小说中的一个人物——实际上，我是主角，还有梅里亚姆和乔利斯，两个唠唠叨叨但是好心肠的精灵。我们三个人在“之前”，也就是一个大型的拍卖会，旅行者们热情地竞拍自己未来的人生。我刚刚赢得了一个生命的竞价。它就在我面前盘旋着——这个灿烂的宝物，闪闪发亮，怦怦跳动，隐隐作痛，光芒四射。

“太美了。”我对梅里亚姆和乔利斯说。

“太好了！”梅里亚姆赞叹道，她总是两个人中比较有活力的那个，“你这么想，我们太高兴了，有这样的态度，你们应该会很幸福。”

“是的，”我说，“我迫不及待地想和大家一起分享，所有的一切，一步一个脚印，让他们也能以同样的方式看到这一切的美。”

“噢，亲爱的，”乔利斯说，比梅里亚姆更理智一些，“一切可能没有你想象的那么好。”

归根结底，在我看来，他们都是对的，就像梅里亚姆说的那样，那里面什么也没有。不管是在我身上还是在我们之间的空隙里，这个鸿沟依然存在。当它变得特别大的时候，当我在理智的边缘挣扎，让它不至于崩溃时，我会爬下摇摇欲坠的楼梯，来到小屋的地下室，从高架子上一个上锁的盒子里，拿出诺劳的枪。

这把左轮手枪跟以前一样新，很大程度上是因为没有被使用过，总之它原本的功用一直处于闲置状态。我没有把手指放在扳机上，而是跌落到地下室的水泥地上，把枪放在腿上，然后我盯着它，感受着它在我双腿上的重量，看着它越来越重，越来越具体，越来越真实。我渐渐平静下来。这是一种解脱，提醒我不必留下，我可以随时离开。

在这片刻平静中，我看到那条鸿沟不是真正的空洞。那里有悲伤，主要是悲伤，也有愤怒、恐惧或者其他的痛苦。然而，这些情绪刚一露面就开始消退和消失，也许是由于渴望得到关注，因为我全神贯注地盯着腿上的左轮手枪。我开始舍弃其他的瞬间，不仅仅是不想要的东西。欢乐和悲伤都会消散。判断和哲学，这种或那种想法，甚至还有未来和过去，这些都会消失，最后只剩下枪和空虚。最后，连这些都消失了。

我不知道我还能像这样待多久，在那不是虚无的虚无中待多久。一秒钟？一分钟？一辈子？这也许是死亡，但这不是终点。从绝对的静止中，似乎不可避免地会有一些东西出现，往往是一些近乎滑稽的微不足道的东西，生命中的任何一点又何尝不是。也许我只想吃个三明治。或者给亨利喂食。或者走到小溪边听青蛙的声音，或者看看报纸上萨莎的最新谜题。通常都是一些简单的事情。就一刻。

而这一刻，就是真正的人生。

一刻。

准确地说，就是这一刻。

之前

在一个不是房间的空间里，墙壁不是墙壁，窗户不是窗户，梅里亚姆提醒自己，她的本意是好的。她想起了第一次看到壮美地球时，胸口感受到的疼痛，她不知所措，以至于不知道接下来要做什么。但是，不对，这并不完全是事实。她知道做什么，她做了。算是吧。

她的本意好坏并不重要，她现在鼓励旅行者们为自己的生命训练也不重要，旅行者们为自己的生命竞价，事后在赞美队伍前排队这都不重要。再多的借口和推脱都不能改变这样一个事实，那就是胸口的空洞以及随之而来的苦难都是她的错。上级也没有理由相信她的本意。

等到乔利斯来的时候，她已经心惊胆战地转着圈。“你去哪儿了？”她问他，“我一直在到处找你。”

“怎么了？”

“我的评估。”梅里亚姆说。

“哦。”乔利斯咧嘴一笑，“什么时候？”

“就是现在！”

“是的，当然，”乔利斯说，“你打算怎么解释——你知道的。”

“我想把真相告诉他们。”

乔利斯笑了，但当他注意到梅里亚姆面无表情的神情时，他的笑意渐渐消失了。

“你是认真的？”他说，“梅里亚姆，这个想法太可怕了。”

“你想让我撒谎。”梅里亚姆难以置信，“对上级说谎。”

“我看没得选。你不能冒险降职。难道你想在永生的时间去刷虫洞吗？”

梅里亚姆的恐惧感螺旋式上升到恐慌。“我该怎么办？”

“也许你可以装傻。”乔利斯佯装出震惊的表情，“一个空洞？真的吗？这也太离谱了吧？我怎么会知道哪来的？”

“可我是负责人，”梅里亚姆呻吟道，“我只是不称职而已。”

“那么说是意外。”乔利斯说，他在房间里转了一圈，“你休息的时候……出去转了一圈，穿过虚空，一定是在不知不觉中沾上了一点儿。然后，一个不小心，它掉进容器里了。”

“同样是无能。”梅里亚姆说。

“好吧，你是有意的，”乔利斯说，心里暗暗想道，“你把它放在那里，以防上级意识到他们漏掉了什么东西，或者需要升级的空间——比如可折叠的机翼，或者太阳能电池板。”

“他们不买账。”

“那好吧，”乔利斯说，“你很聪明地预料到了旅行者需要一个地方放东西，所以你给了他们空出了地方作为储物空间。就像袋鼠的储物袋一样。”

“求你了，”梅里亚姆说，“这样是不行的。”

“你确定？”乔利斯问道，“也许他们可以把工具放在里面。或者糖果？”

梅里亚姆沮气地耷拉着脑袋。“谢谢你，”她说，“我想我完了。”她站起身来，强行向门口走去。“万一再也见不到你了，我只想说，和你合作很愉快。”

“等等，”乔利斯在她身后叫道，“你要告诉他们什么？”

“我也不知道，”她叹了口气，“我想还是说袋鼠的育儿袋之类的。”

乔利斯点点头。“选得好。”

梅里亚姆面对上级总是有些紧张。她也不知道为什么。他们真的很友好，也很体贴了。即使是现在，在她被降职几乎已经成为既成事实的情况下，他们也是面带微笑。

“梅里亚姆，你好！”他们说，带着只有上级才有的崇高热情，“最近怎么样？”

这不是梅里亚姆所期待的问题。她吓了一跳，随着谈话的进行，她变得更加忐忑不安，上级漫不经心地问着一些世俗小事——乌云密布的天气，阿拉斯加鲑洄游——这些问题甚至不在她的正式权限之内。通常情况下，这种上层的闲聊不会让梅里亚姆感到惊讶。他们对地球的热情是众所周知的，讨论起地球上发生的事情也是乐此不疲。然而，在这种情况下，这些闲言碎语一定是某种计谋吧？想骗她认罪？他们一定知道空洞的事。如果上头的人不知道空洞的事才是匪夷所思。难道说，真是这样吗？梅里亚姆的焦虑和困惑在她的内心堆积，不断扩大，不断加剧，直到她再也忍不住要爆发。

“是我做的！”她哭着说。

话音刚落，上级都吃了一惊。“做了什么，梅里亚姆？”

“空洞，”她说着，号啕大哭，“身体里的空洞。都是我的错。”她赶忙解释道：“这不是洞，绝对不是洞，而且我没有落下任何东西。我按照蓝图完成了整个作品——顺便说一下，成品很不错。但后来乔利斯给我看了地球，我之前还没有见过，我吓坏了。我害怕旅行者会很喜欢它，喜欢到不会再回来。到时候我们该多么想念他们。”

“所以，这就是你给他们空洞的原因。”上级问。

“是的，”梅里亚姆承认道，“我和乔利斯，我们想过要解决这个问题。梦境已经开始了，所以我们不能随便拿出来，但乔利斯觉得我们也许能把它填满。他试过云，也试过光。他把情绪灌入其中，一个接一个，超过了规定的量……直到所有的小瓶都空了。”

“不是所有的小瓶。”上级说，“他倒最后一个瓶子之前你阻止了他，真是万幸。”

“但都没有成功。”梅里亚姆继续说道，“所以我们去了地球，尝试着帮助旅行者们自己填补空白。当然，我们做了一些伪装。我想，如果我们能满足他们最深层的愿望……”

“绿矮精非常可爱。”

“但我们失败了，”梅里亚姆喘着气说，“我们走遍了整个世界，实现了无数的愿望。这并不重要。无论我们实现了多少愿望，人们都会再来找我们。而现在，他们无法停止寻找，但是都找错了地方，跟乔利斯预言的一样。看看人们都想要些什么东西吧，硅胶锅铲简直要卖疯了。”

“硅胶锅铲是什么？”上级问道。

“那不重要，”梅里亚姆叹了口气，绝望地皱起眉头，“我只是觉得很遗憾。他们永远不会满意的，我们也没有办法。”

坦白完最后一句话，梅里亚姆已经做好了准备，迎接烈火和硝烟。然而，上级看望她的目光却比以前更加明亮和温暖。

“你说得没错，”上级说，“他们永远不会满足。他们能做的最好的事情就是满足于不满意。”

“我很抱歉。”梅里亚姆又说道。

“不，不，不。”上级说，“恰恰相反。这是很高明的。”

梅里亚姆命运的枷锁稍稍松动了一下。“我不明白。”

“这些我们以前都试过。”上级说，“但一直都没有成功。没有了空洞，旅人就这样坐在那里。他们没有欲望做任何事，也没有欲望不做任何事情，甚至根本就没有欲望存在。没有憧憬，没有冒险，也没有爱情。没有人爬山，没有人过海，也没有人盯着火堆，也没有人打盹。没有人看，没有人听，也没有人想象。他们没有理由去做任何事。”

“但是空洞让他们很痛苦。”

“有的时候，”上级说，“这也让他们活了过来。让一切都活了起来。这真是个奇迹，梅里亚姆。你不必绝望。”

梅里亚姆身上的重担不见了，但她还没有完全放心。“他们永远无法填补，”她说，“他们注定要失败了。”

“生命在于奋斗，”上级说，“没有失败。”

艾略特
(2054)

暮春时节。小屋后面的山丘上长出了茂盛的新草，在我看来，这是很讽刺的，虽然这也不能怪这小山丘和小草。我站在中间，望着周围人的面孔，有些人脸色潮红，有些人脸色苍白。一阵微风掠过山头。有人咳嗽了一声。过了很久，我才想起来我是谁，或者我在这里做什么，在无常的天空下，在痛苦的蓝天下。我是艾略特·尚斯，我已经八十二岁了。我在撒萨莎的骨灰。

“这不是一场战争。”萨莎曾经说过。她反对把生命当作与死亡的斗争，或者与死亡使者的斗争。尽管如此，这正是我们一直所做的事，直到结局变得不可避免。萨莎说只想休息一下，和我谈一谈。我想，我们说话主要是为了听到对方的声音，确认我们共同的存在。具体的话就更难回忆起来了，不过我知道是轻柔、痴傻的。萨莎的笑声从未消失，只是变得虚弱了，任何能唤起她的笑声的调侃对我来说都是无价之宝。但偶尔，我俩之中总有一个人会注意到我们的困境，觉得有必要说点什么。那些话也很重要。

“我想我的日子不多了。”萨莎有一次对我说。这时的她已经很虚弱，卧病在床，而且更多的时候是在睡觉，虽然她睁开眼睛的时候眼睛还没有失去敏锐。

“那你走慢一点，好吗？”我问。

她勉强笑了一下。“你落后了，”她揶揄道，“奇迹让你分心了。你是我最喜欢的解谜者。”

“等着我，”我说，“我会赶上你的。”

“慢慢来，”她说，“我希望你尽可能地享受每一个时刻，把每个时刻活成人生中最好的一刻。”

在最后一天，我们说得很少。我在窗外装了一个蜂鸟喂食器，我牵着萨莎的手，看着这些小动物盘旋飞舞，五颜六色的羽毛在阳光下像金属一样闪闪发光。那天晚上，就在她临睡前，她要求喝一口水。我在她的嘴唇之间轻轻地引导着，揉着她的喉咙帮助她吞咽。她松了一口气，闭上眼睛，然后又睁开眼睛看着我。

“谢谢你。”她说。也许只有我能知道，她指的不仅仅是喝水，她感谢的不仅仅是我一个人。

以萨莎对结局的夸张意义的看法，现在这样算是一个合适的终结，只是这不是我们的结尾。我们说好了，我们故事的最后一页早就写好了——多年前，在消防梯上，在夜色中漂浮在宽阔的河面上。“我的心在乎你的心”，萨莎在告别前对我说。在我看来，这是个好的结局。让我选多少次我都会接受。

我没有把这些事告诉身边的人。我也没说萨莎的谜语和她的小说。她让我保证不泄露，我自认为是一个信守诺言的人。我不知道该如何跟这些人说。我根本不想出现在这里，但萨莎曾对她的一两个朋友说过，她想让人把她的骨灰撒在山丘上。所以，我们就在这里了。

我清了清嗓子，用手捋了捋毛呢西装的前襟，当然不是班诺尔穿的那件。他带着那件衣服走了。不过，这是一个很亲密的表弟，我买的时候肯定是想到了他。我本来也想买一顶绅士帽，但我觉得自己戴不出来。班诺尔有他自己的风格，虽然萨莎说我穿上很好看，但我不经常穿这套衣服。“只在特殊场合穿。”

我把目光投向草地上，无数的绿色小叶片，现在被染成了苍白的灰色。我告诉大家，萨莎和我曾在这里试着种过花。几年来，我和萨莎尝试在这里种了好几种花，通常是用邻居家的孩子们卖的种子。但从来没有成功过（菊花有过一点儿希望）。在最初的几个季节里，我们越来越沮丧，直到让花——任何花——在这里生长变成我们的使命。然而，山丘上除了草，什么都不长，而且是大量的草。最终，有一个春天，我和萨莎看着对方，意识到是时候挥舞白旗了，我们自嘲，因为事实是，我们都爱这片草地。

这是个蹩脚的悼词，但聚会的人似乎都很欣赏。我们一行人从山丘上下来，然后穿过平房，走到门廊前。邻居举起手帕，擦去我不知道的眼泪。其他人在离开前依次拥抱我，直到所有的面孔都不见了，只剩下一个人。

“刚才真不错，”迪恩说，“我是说——”

“我知道你的意思。”我说，“谢谢你。”

哥哥把行李箱放在脚边。他八十四岁了，认为自己可以背着行李，不用拉杆箱是挑战和骄傲。我打电话告诉他萨莎去世的消息时，迪恩已经收拾好了行李，在我还没来得及要求或拒绝任何陪伴的时候，他已经在来的路上了。我们一起办理了各种手续，大多是在沉默中进行的。

“我从来不知道花的事，”迪恩说，“真有意思。”

“是啊。”

“要是我，肯定无论如何一定要在那片山丘上种出花来，”他说，“但我想，有时候你必须听从大自然的呼唤，让它顺其自然。”

我哥哥没有什么变化。我想我也没变。我们现在都是老男人了，眼睛发白，头发同样灰白，看起来比以前更像兄弟了。尽管如此，我还是分不清迪恩是故意恶搞格言，还是他与生俱来的愚钝，我不知道该如何回应。

“对不起，”他说，“只是想逗你笑。不成功，像往常一样。”

“你七零八落的格言都是为了这个？”

他轻轻一笑。“一直都是，”他说，“特别是当我们一起工作的时候，你讨厌那份工作，我感觉很不好。”

“这不是你的错，”我告诉他，“我很感激你，那是宝贵的几年。”

“爸爸总是这么说，你需要训练，然后才会有能力做你自己的事情。他说，你的经验必须赶上你的想象力。”

“他从没告诉过我。”

“没有吗？”

“没有，”我说，“虽然现在我忘记的肯定比我记得的要多。”

“阿门，”迪恩又笑着说，“那么，你什么时候下山来看望我们？孩子们下周会到城里来。他们很想见见你。”

迪恩的儿子们都住在西海岸。他们现在都长大了。事实上，早就长大了，但我想起他们时还是小男孩的样子，也许是因为在我大部分的记忆中他们还是孩子。我还记得小儿子第一次过生日，思索着迪恩给他的一片柠檬。他把柠檬举到嘴边吮吸，然后迅速推开，五官缩在一起，好像刚才有人给他喷了水，或者捏了他的鼻子，或者以其他的方式侮辱了他。然后，他稍稍整理了一下自己的情绪后，又将柠檬直接举起来凑到唇边，再吸了一口。

“如果能看到他们，那就太好了。”

“我们可以拿出手套，像过去一样，来几个回合。”迪恩说。

我的手套已经不在了，而且我们过去从来都没有扔球和接球，但是我不想拆穿。“我已经几十年没有扔过棒球了。”

“我也是，”迪恩说，“看看谁的手臂先掉下来。”

“也许吧，”我说，“让我看看情况如何。”我指了指胳膊下的骨灰盒，但我也不知道为什么。现在已经空了。没有什么事要做了。没有正式的事了。

“来吧，”迪恩说，“肯定会很有趣的。”

“谢谢，”我说，“我会尽力的。”

“说定了？”

迪恩的车刚刚离开视线，我就退到小屋里的寂静处。我在门厅里停顿了一下，想听听聚会留下的任何动静，或者说是萨莎的回响，但是什么也没有。

什么也不会有了。我把骨灰盒夹在一只胳膊下面，打开柜子，从架子上拉下一个背包，然后穿过我们用来当办公室的小书房。从书桌后面的柜子里，我拿出装萨莎骨灰的不透明塑料容器。

我并没有把它们撒在山丘上——或者说我有，但只是象征性地撒了，尽管聚会的人并没有意识到这种区别。我希望他们不知道。如果他们中有人怀疑我撒在草地上的东西主要是细沙和碎贝壳，他们会慷慨地保守这个秘密。他们怎么会不知道呢？这个仪式本身是真诚的，而且主要是为了他们的念想——不仅是为了纪念萨莎，也是为了纪念他们对她的爱。虽然她可能向她的朋友们提起过，但萨莎从未明确告诉过我，想把她的骨灰撒在山坡上，我也没有答应过她。

我打开容器上的封条，小心翼翼地将骨灰倒进去，事后将盖子固定好。书桌上照片里的面孔像是另一组参加葬礼的人，也像是最终审判。我听之任之，伸手从充电底座上拿起我的数码平板电脑。它的屏幕不比我的手掌大，对我这双年迈的眼睛来说并没有什么用处，但就像现在的大多数科技产品一样，它主要通过语音控制来操作。我把平板电脑放进西装外套的口袋里，然后小心翼翼地把骨灰盒放进背包里。刚好装得下，我只剩下两件物品需要收集，而其中只有一件需要装进背包里。

诺劳的枪还在地下室架子上的盒子里，还没有开过枪，至少自从我偷了它之后就没有开过枪。它很可能已经用不了了，但看上去还能用。我给枪筒装上新子弹，满心希望地揣测大多数的误射都是由于弹药有问题。我打开背包，把左轮手枪塞到骨灰盒旁边，然后拉上拉链背在身后。它的轻巧程度让我感到惊讶。当我爬上地下室的楼梯，继续向客厅走去时，我几乎感觉不到肩带与我的肩膀相贴。我近乎敬畏地从书架上拿起萨莎的小说。然后，转身离开。

我走了三公里路进城。背后负重几公斤，这对于一个八旬老人来说，并不可取，不过迪恩无疑会感到骄傲。在一条封闭狭窄的街道上，有一家存活了一个多世纪的书店，在数字革命、多次经济衰退和十几次不成功的破产打折之后勇敢地坚持了下来。我溜到书店后面，那里的绝版书每年都在增加。即使是现在，在这个电子文字不占地方的时代，书卷还是永远不会消失。

我最后一次翻开萨莎的小说，翻了一遍。不知怎么的，我还是忍住了，没有在最喜欢的段落上划线，也没有以其他方式标记出来。也许我知道它最终会流芳百世。我在书架上找了一个合适的位置，然后意识到这很可能是萨莎文字的最终安放地，这不是我的目标。于是我又来到了商店前面的畅销书区，我把书挪了挪地方，最上面的书架上腾出一个空间。把萨莎的书摆放在那里，这就对了，这下好多了。

“你读过那本吗？”一个年轻的女人出现在我身边。从一副不合时宜的厚厚的眼镜后面，她向我投来了一副探究的眼神。“我没听说过。”

“是的，”我说，“我很喜欢它。”

她从书架上拿起萨莎的书，细细地审视起来。“没有什么梗概。你怎么能看出来是什么内容呢？”

“我想你必须自己读。”

“我看不出价格，”她说，继续考察，“这些印刷版本有时候会很贵。”

“直觉告诉我，他们会给你一个合理的价格。”我说。

回到外面，我走到小巷的尽头，走到更宽阔的林荫道上。把背包从一个肩膀上滑下来，我从口袋里取出平板电脑。

“叫车，确认。”我大声说。不到几分钟，一辆汽车停在路边，车门打开。我上了车，把背包靠在旁边的座位上。

“目的地？”汽车说，或者说是它里面的人工智能说。

“岸边，”我告诉人工智能，“艾斯夸考码头。”

车子驶离路边，向东驶出城外，平稳安全。在这个时代，人类驾驶汽车几乎已经成为一种奇特的事情。人工智能在很多方面已经变得比我们更擅长，导航和驾驶就是其中之一。不过，我还是很怀念以前的日子，那时的顺风车服务是有方向盘的车，后面还有人跟着。我似乎还记得以前的司机往往很友好，能聊聊天也不错，人工智能当然也相当擅长。

“启动聊天。”我说。

“你好，艾略特，”AI说，声音很悦耳，隐隐约约有种女性化的感觉，“你今天过得怎么样？”

“不好。”我说，有点惊讶于我的坦率，“我失去了一个人。”

“我很抱歉。我能帮你找到他吗？”

“不，”我说，“她死了。”

“啊，致以我最深切的慰问，艾略特。有什么我能为你做的吗？”

“我想你什么也做不了。”

停顿的刹那间，车内只有电动引擎的声音。“也许我可以给你讲个笑话？”悦耳的声音说。

“当然可以。”我说。

“好的。世界末日的时候，人工智能会说什么？”

“我不知道。”我回应道，“世界末日的时候，人工智能说了什么？”

“糟糕，我的错。”

人工智能“咯咯咯”地笑了起来。“我知道这有点病态，”这个声音说，“但不知道为什么，我觉得很好笑。”咯咯咯的笑声扩大成连续的笑声，响彻整个汽车的车厢。

“聊天停止。”我突然说。笑声立刻停止了，只剩下发动机的轻声呼啸。尽管人工智能已经变得栩栩如生，但我从未习惯过他们的笑声。我的内心深处有一种东西阻止我搁置疑虑。很遗憾，真的。到岸边的路途漫长，如果能有一些对话，哪怕是人造对话，也能让这段旅程变得没那么难熬。就这样，我看着窗外的世界走过一阵子，然后闭上眼睛睡着了。我一直都很喜欢睡觉。

当我们——也就是我——到达岸边时，汽车用电铃铛的声音唤醒了我。我抓起背包，滑出车门，钻进沿海的雾气中，明亮而凉爽的雾气弥漫在低空中。车门在我身后关上，汽车安静地开走了。

我必须阻止自己挥手告别。这是一个老习惯了，我不止一次向不在身边的人告别。我转身向码头走去。木质码头在一个小港口里排成一排，由堆积的大石块组成的防波堤保护着，远离开阔的水域。每个码头上都有一排单桅小帆船停靠。它们的索具在微风中飘动，发出的声音就像风铃和声，与汽车的电铃相差无几，但更直接，更真实。我在这些船中徘徊，直到发现了一艘“浪子太阳号”。

“租8号船，确认。”我对着平板电脑说。

我踏上船，在船尾坐下。随着“嗡”的一声脆响，拴住船与码头的缆绳缩回。一台电动发动机运转起来，船驶出了港口。当它通过码头，驶向开阔的海洋时，引擎熄火，主帆升起，迎着近海的风。几分钟后，雾气笼罩的堤岸被抛在身后。午后的阳光在水面上划出一道道明亮的弧线。

“手动控制，确认。”我说。

舵柄松懈了。帆向逆风，无力地挥舞着。缓慢而又无奈地，船又向着风的方向旋转，直到它正迎着风。我握住主板，一手握住舵柄，倾斜着，使帆再次迎着风。我的两边都是岛屿，但我把小船直接驶向大西洋。即使离岸边这么近，海面上的船只也不多。我只能看到另外一艘船——一艘游船向南驶向陆地。甲板上是狂欢的人群，不顾即将到来的大雾。我看着他们和船消失在雾中。他们的离去有种不祥的预感，仿佛是被抹去的，但当我转身离去的时候，笑声传入我的耳中，十分快活，没有保留。

当我离岸边足够远的时候，放下帆，让船随波逐流。漫长轻微的波浪在海面翻滚着。我打开背包，拿出诺劳的枪和装着萨莎骨灰的骨灰盒。我挪到右舷，坐在船舷上，稍稍倾斜着身体。大海浓烈的气味充斥四周。我把骨灰盒抱在胸前，然后把枪举到头上。我对着萨莎轻声说了几句她已经听不到的悄悄话。这就够了。

水面上的阳光依旧很美。美得就像钻石冰雹，不对，钻石冰雹也只能望其项背。我凝视着水面，直到明亮的光束分裂成单个的闪光点——无边无际的星星，在无尽的舞蹈中闪烁着，又闪烁着。

很容易让人迷失在其中。

之后

在你死后，当你和乔利斯检查完你的身体，梅里亚姆问完了你离职面试的最后一个问题，你把你的赞美和抱怨的总和交到相应的柜台上，你发现自己在一个不是房间的空间里，坐在一张不是扶手椅的扶手椅上，等待着。

此时，就像乔利斯告诉你的一样，你想起了什么。记忆不断地涌现和积累，像雨滴落在干燥的人行道上，使干旱的灰蒙蒙的路面变得饱和，直到它充满了你生命中的每一个瞬间——每一束阳光，每一阵笑声，每一滴泪水，每一次痛苦和欢乐，每一次混乱和平静。当你全部想起来之后——这是你在旅途中不可能经历过的，你记起了别人的回忆，回忆起你认识的人的生活片段。这根本说不通，但它们就在那里。你母亲小时候，你父亲雄心壮志还未泯灭时，你所爱的人，你不爱的人。他们的记忆在你身上涌动，直到属于他们的每一刻都属于你。

所以，你也开始回忆起那些你不曾认识的旅行者的生活——那些与你擦身而过的人，那些与你相隔半个世界的人，甚至是你生前死后才出现的人——这似乎也是很荒谬的，但事实上，过去、现在和未来之间不再有任何区别，只有永恒，所有的旅程都在进行中，所有的故事都是用现在时态来讲述的，而时间本身不过是一个对实现生命有用的参数。就像空间和地心引力。在这里，每一个瞬间都是记忆，每一个记忆都是你的，所以，所有的想法都是你的想法，没有什么不是你。这个你，指的不仅仅是你，而是每个人和所有的一切和所有的时间。一个独特的整体性，就像一张白纸一样简单，但又不是这样，因为它包含了一切，没有边际——绝对的、彻底的、完全的、完美的，不缺任何东西。

然而……

“你确定？”

你吓了一跳，从扶手椅上站了起来，发现梅里亚姆和乔利斯正在看着你，他们的脸闪烁着谨慎的热情。你分不清他们中的哪个人说过话，也想不起来你到底对他们说了什么——你想，这意味着你根本不确定。

“你觉得呢？”你说。

“哦，这完全取决于你，”梅里亚姆说，“我们之所以这么问，是因为上次的事之后——”

“这不代表下一次会是一样的。”乔利斯说，“事实上，它几乎可以肯定不会是这样。”

“旅途。”你说。

“是的。”梅里亚姆说。

“我可以走了？”

“当然，”乔利斯说，“梅里亚姆准备了最精致的器皿。她真的又超越了自己，等着瞧瞧那个脾脏。”

“大家都有贡献。”梅里亚姆谦虚地补充道。

“我是怎么——”你声音颤颤巍巍，“我们在哪里——”

梅里亚姆朝房间的远处打了个手势。那里立着一扇门，直到现在你才注意到它。在它的中央是一个大铜环。

“那是什么？”你问道。

“奇迹之门。”乔利斯说。

“听起来不错。”

梅里亚姆犹豫了一下。“我们不想夸大其词，”她说，“这个名字是有点误导性。有人建议改一改。”

“这个名字很完美，”乔利斯坚持说，“只是，不是所有的奇迹都是，嗯。很精彩。其实有些是相当可怕的，有时很难分辨哪个是哪个。”

“事情会变得很混乱，”梅里亚姆说，“一旦你踏进这扇门，事情就会变得很混乱。”

“为什么？”你问道。你并不怀疑梅里亚姆的诚意，但你觉得很难相信这段旅程会如此复杂，因为一切都很简单。

“你会开始有欲望，”梅里亚姆说，“有时会非常渴望。而你往往得不到，或者你会认为你想要的是一件事，而你真正想要的是另一件事，或者你会得到你想的东西，但不再想要了，或者想要不同的东西。”

“这听起来确实让人困惑。”你承认。

“对不起，”乔利斯说，“欲望是让一切前进的原因。”

“欲望？”你惊讶地问道，“欲望是为什么前进的原因？”

“不，”梅里亚姆说，“欲望就是前进的方式，为什么是由你决定的。”

你停顿了一下，尽量让这一切都沉淀下来。虽然旅程还没有开始，但似乎事情已经开始变得有些复杂了。你怀疑，在你身处其中之前，一切都不会真正有意义，可能就算你身处其间也不会有。梅里亚姆和乔利斯耐心地等待着，没有哀求或要求，没有承诺或威胁。在你面前，“奇迹之门”静待着你。

“你还想去吗？”梅里亚姆问道。

“想。”你说。

“不顾一切？”

“是的。”

（全书完）

抓落叶

产品经理 | 赵思婷　　装帧设计 | 星　野　　执行印制 | 陈　金
营销经理 | 王维思　　封面插画 | Moeder Lin　　出 品 人 | 路金波

图书在版编目(CIP)数据

抓落叶 / (美) 汤米·巴特勒著 ; 赵思婷译. -- 上海 : 上海文艺出版社, 2020
ISBN 978-7-5321-7757-8

Ⅰ. ①抓… Ⅱ. ①汤… ②赵… Ⅲ. ①长篇小说—美国—现代 Ⅳ. ①I712.45

中国版本图书馆CIP数据核字(2020)第153529号

出 版 人: 毕 胜
责任编辑: 崔 莉
特约编辑: 赵思婷
书籍设计: 星 野
插 画: Moeder Lin

书 名: 抓落叶
作 者: [美] 汤米·巴特勒，赵思婷（译）
出 版: 上海世纪出版集团 上海文艺出版社
地 址: 上海绍兴路 7 号 200020
发 行: 果麦文化传媒股份有限公司
印 刷: 北京盛通印刷股份有限公司
开 本: 880mm×1230mm 1/32
印 张: 8
字 数: 160 千字
印 次: 2020 年 10 月第 1 版 2020 年 10 月第 1 次印刷
印 数: 1-7, 000
I S B N: 978-7-5321-7757-8 / I.6164
定 价: 49.00 元